Même le livre se transforme !
Faites défiler rapidement
les pages et regardez...

Déjà parus dans la série

ANIMORPHS

Pour en savoir plus,
rendez-vous à la p. 204

K. A. Applegate
LA MISSION

Traduit de l'américain
par Mona de Pracontal

Les éditions Scholastic

Pour Michael et Jake

Données de catalogage avant publication (Canada)

Applegate, Katherine
La mission

(Animorphs; 27)
Traduction de : The exposed.
ISBN 0-439-98573-0

I. Pracontal, Mona de. II. Titre. III. Collection.

PZ23.A6485Mi 2000   j813'.54   C00-931510-1

Illustration de couverture : David B. Mattingly

Édition publiée par Les éditions Scholastic, 175, Hillmount Road, Markham
(Ontario) Canada L6C 1Z7.

4 3 2 1   Imprimé en France   9 / 9 0 1 2 3 4 / 0
N° d'impression : 51718

CHAPITRE
1

Je m'appelle Rachel.

Je suis grande. Je suis blonde. Je suis debout sur une poutre, et j'essaie de rassembler mon courage pour faire un saut de mains avant.

J'essaie d'être normale.

Sauf que, si on y pense, qu'y a-t-il de normal, pour un être humain, à faire des sauts périlleux le long d'une poutre en bois étroite et glissante ?

Rien, absolument rien. Laissons tomber le saut de mains.

C'est comme ça : la témérité au combat, c'est ce qui me maintient en vie. A la gym, ça ne servirait qu'à me briser les os.

Or, si je veux continuer à me battre, j'ai intérêt à rester entière. La survie est prioritaire. Vous comprendrez donc que je ne vous dise pas quel est mon nom de famille, ni où j'habite. Divulguer ce genre d'information signifierait ma mort et celle de mes amis.

Nous résisterions jusqu'à la dernière seconde, bien sûr, mais quand même...

Nous sommes cinq ados et un Andalite et nous devons – à mon avis – nous accrocher à nos trois points forts :

Notre capacité à morphoser en acquérant l'ADN des animaux.

L'anonymat : personne ne sait qui nous sommes.

L'avantage de l'équipe qui se bat à domicile.

Jusqu'à présent, ça nous a permis de nous maintenir en vie et de contrarier sérieusement les plans des Yirks, des parasites venus sur Terre pour réduire l'espèce humaine en esclavage. Si les Yirks avaient une liste de priorités, nous figurerions en première ligne. Ils rêvent de nous capturer. Ils nous tueraient peut-être. A moins qu'ils ne nous fassent ce qu'ils ont déjà fait à tant d'humains : qu'ils s'introduisent dans notre tête pour prendre le contrôle de nos cerveaux. Qu'ils nous changent en Contrôleurs.

Un Contrôleur est une personne asservie par un Yirk. Il y a des Contrôleurs partout. Parmi les gens que vous connaissez, parmi les gens à qui vous faites confiance.

Le directeur de notre collège, M. Chapman.

Tom, mon cousin.

Des professeurs, des présentatrices de télé, des policiers, des livreurs, des serveurs de restaurant, des ouvriers du bâtiment, des étudiants. Des gens qui se promènent tous comme s'ils étaient parfaitement normaux. Qui persuadent leurs amis de s'inscrire au Partage, une association dirigée par les Yirks.

Une fois que vous y êtes entré, en général il n'y a qu'une seule issue : vous devenez un Contrôleur.

Vous continuez de bouger et de parler comme avant. Vous avez les mêmes souvenirs. Vous mâchez toujours du chewing-gum en cours ; vous remettez toujours les choux de Bruxelles dans le plat quand vous croyez que votre mère ne regarde pas.

Seulement ce n'est pas vous qui faites tout cela. Vous, vous êtes enfermé dans votre tête, impuissant, et vous hurlez en silence contre le Yirk qui vous tient en otage.

Devenez Contrôleur et vous perdez tout libre arbitre.

Je ne laisserai jamais personne me priver de mon libre arbitre.

Voilà pourquoi nous nous battons. Pour être honnête, une bonne bagarre, ça me plaît bien. J'aime la montée d'adrénaline du combat. J'aime le défi.

Et maintenant que j'ai avoué cela, j'ai un autre aveu à faire : depuis quelque temps, ça m'effraie d'aimer me battre à ce point. D'être impatiente d'aller au combat.

Mon père pense que je suis aussi dure que n'importe quel garçon. Mon cousin Jake dit que ma spécialité, c'est le coup de poing. Marco m'appelle Xena la princesse guerrière, et il me taquine en prétendant que je suis toujours la première à vouloir me battre.

Il a raison. Toujours partante. Toujours en première ligne. Et j'ai peur, si je continue à céder à cette pulsion, de finir un jour ou l'autre par ne plus savoir rien faire d'autre. Ne plus savoir faire les choses que j'aimais avant.

J'adorais la gymnastique. Pas particulièrement la poutre, non. Mais j'aimais la sensation de puissance que me procuraient les barres parallèles. Et le saut à la perche était ce que je connaissais de plus ressemblant au vol d'un oiseau.

Ce n'est plus le cas, bien sûr. Plus depuis que je suis une Animorphs. Le frisson que vous donne le saut à la perche n'a rien à voir avec ce qu'on peut ressentir en s'élevant dans le ciel quand on est un aigle d'Amérique. Ou en zigzaguant dans l'air quand on est une mouche. Lorsqu'on a connu la grâce légère d'un chat, les muscles humains paraissent ridicules. Et se transformer en grizzly… alors là, on peut parler de puissance.

C'est plus fort que moi. C'est comme si j'étais accro. Accro au danger. Accro à la lutte contre les envahisseurs yirks.

Et accro, du moins dans mes rêves, au désir d'écraser Vysserk Trois sur le trottoir comme la grosse limace enflée qu'il est. Vous voyez ? Je vous avais dit que je commençais à me faire peur.

Vysserk Trois est un être maléfique. Il est impitoyable, cruel, acharné. C'est le seul Yirk au monde qui détienne le pouvoir de morphoser, l'unique Andalite-Contrôleur. C'est lui qui dirige l'invasion de la Terre, et il prend son travail très au sérieux.

Moi aussi.

– Hé, Rachel !

J'ai donné un brusque coup de tête et j'ai perdu ma concentration. La salle de gym a repris vie autour de moi.

Des élèves qui bavardaient. Qui rigolaient. Qui faisaient le pont ou travaillaient leurs enchaînements. Qui s'entraînaient aux barres parallèles et aux anneaux.

Un garçon du nom de T. T. avançait vers moi en souriant. Il n'était pas hideux, comme gars. Pas hideux du tout.

Je ne lui ai pas rendu son sourire. Jusqu'au moment où il m'avait appelée, je me débrouillais très bien. Maintenant j'avais perdu l'équilibre et mon corps oscillait. Je me suis mise à faire des moulinets avec mes bras, et j'ai senti trembler mes pieds nus, placés l'un devant l'autre sur la poutre étroite.

J'allais tomber.

– T'inquiète ! a-t-il dit en courant vers moi. Je te rattrape !

Super. Juste ce dont je n'avais pas besoin. J'ai pivoté en essayant de prendre de l'élan pour sauter.

Mauvaise idée. Le mouvement m'a fait chanceler. J'ai basculé sur le côté. J'ai repoussé les bras que me tendait T. T. et je me suis écrasée sur le tapis de sol.

Schboung ! Aïe.

J'avais la paume qui me brûlait. Et la hanche, aussi.

– Ça va ? a-t-il demandé en me tendant la main.

– Ouais.

J'ai ignoré son geste. Je me suis relevée.

Mon visage s'était mis à rougir. Je n'aime pas avoir l'air ridicule. Maintenant je l'étais, et c'était entièrement sa faute.

Je l'ai regardé avec un air contrarié. Prête à l'envoyer promener.

Ce que je n'ai pas fait.

Il était franchement pas mal.

Plus grand que moi. Des yeux bleus, comme moi. Des fossettes, pas comme moi.

– Alors ça veut dire que je te fais tourner la tête, c'est ça ? a-t-il demandé avec un grand sourire. Tu veux aller au ciné, ou prendre un pot ?

CHAPITRE
2

– Qu'est-ce que t'as dit ?

Il s'est appuyé contre la poutre, sûr de lui et décontracté.

– Je me demandais si tu aurais envie d'aller au ciné, ou de prendre un pot avec moi.

Je l'ai regardé. Ce n'était pas tout, il avait dit autre chose. Comme quoi il m'avait fait tourner la tête, et ça me mettait mal à l'aise.

Il était craquant. Mieux encore, il était humain.

Vous voyez, si nous allions voir un film d'une heure et demie, T.T. et moi, nous pourrions aller manger une pizza en sortant. Ou au McDo. N'importe où.

Il n'aurait pas besoin de démorphoser, de redevenir un faucon à queue rousse avant la limite de temps des deux heures.

Sortir avec T.T. serait quelque chose de normal. Peut-être même de sympa. Pas de peur. Pas de tension.

— Alors ? a-t-il dit.

— Tu rêves, ai-je répondu d'un ton brusque.

Là-dessus, je me suis retournée et je suis partie vers les vestiaires en traversant les tapis de sol. Il n'a pas essayé de me retenir.

J'ai poussé la porte.

Vlan !

Elle a rebondi contre le mur en ciment.

Les vestiaires étaient vides, sonores.

Très bien. Je n'étais pas d'humeur à voir des gens tout de suite. La façon dont j'avais réagi ne me plaisait pas. Je n'aimais pas ce moment d'hésitation que j'avais eu, ce moment où j'avais tenu compte du fait que j'étais la seule fille de l'école dont le… petit copain, je suppose, était… comment dire ? Un oiseau.

Je sentais la colère me gagner. J'étais furieuse contre T.T., furieuse contre Tobias, furieuse contre moi-même. Pourquoi avais-je hésité ?

— Bon sang, j'sais pas, Rachel, ai-je bougonné

toute seule. Peut-être parce que T.T. n'a pas de bec. Ça doit être ça.

J'ai sauté dans mon jean et j'ai passé ma veste par-dessus mon juste-au-corps. Ensuite, j'ai vite enfilé mes chaussettes et mes baskets.

Pourquoi n'avais-je pas dit oui ?

Facile. Parce que j'ai mes défauts, comme tout le monde, mais je ne suis pas déloyale. Je ne trahis pas les gens. Et surtout pas Tobias.

Il n'empêche que ces images, dans ma tête, ne s'effaceraient pas de si tôt. En particulier celles d'yeux plongeant dans les miens sans l'intensité féroce du regard d'un prédateur.

Je sortais... si tant est qu'on peut employer ce mot-là... avec un gars qui passait le plus clair de son temps à planer sur les courants thermiques, à s'exprimer en parole mentale et à manger des mammifères de petite taille.

Un gars avec des plumes. Des serres. Un bec tranchant et recourbé.

Et quelquefois, pendant presque deux heures d'affilée, des cheveux blond cendré en bataille et des yeux tendres, blessés et pleins d'espoir.

Il est mon ami. Mon camarade de combat.

Nous volons ensemble. Nous faisons la guerre aux Yirks ensemble.

Nous ne sommes pas des ados normaux.

Soudain, j'ai éclaté de rire tout haut, et une fille m'a dévisagée. Ouais, pas normaux, c'était le moins que l'on puisse dire.

Je suis sortie et j'ai levé les yeux vers le ciel, comme je le fais toujours. Pour chercher la silhouette familière se détachant contre le bleu du ciel. Pour chercher ce petit reflet roux dans les plumes de la queue.

Mais Tobias n'était pas là, et j'étais déçue. Enfin, bon, il devait être parti manger un bébé lapin ou quelque chose dans ce goût-là. Comportement de faucon à queue rousse normal.

Peut-être qu'il n'y a pas qu'une seule façon d'être normal.

Et peut-être aurais-je intérêt à apprendre à vivre avec ça. Apprendre à vraiment apprécier une activité, en dehors du combat.

La gym ça n'avait pas été ça, pour moi. Pas aujourd'hui.

Mais peut-être que le shopping, ça le ferait.

Je me suis dirigée vers le centre commercial.

Très peu de problèmes affectifs résistent à une bonne séance de shopping.

J'ai couru sur presque tout le trajet et j'ai ressenti la bouffée familière d'excitation mêlée d'impatience en me glissant dans l'air conditionné de la galerie.

Ahhh !

Des lumières colorées. De la musique. Des gens qui bavardaient. Qui riaient. Tous unis par un objectif commun : le shopping.

J'ai repéré mon magasin de vêtements préféré. Je suis entrée d'un pas décidé dans la boutique et j'ai jeté un coup d'œil aux présentoirs des soldes. Rien de terrible, mais ce n'était pas grave. Au suivant.

En sortant du magasin, j'ai failli percuter Cassie de plein fouet.

– Cassie ! Qu'est-ce que tu fais là ? Pourquoi tu ne m'as pas dit que tu allais faire des courses ?

– A quelle question veux-tu que je réponde en premier ? a-t-elle demandé en riant.

Elle a glissé son sac sous le bras.

– N'importe. Les deux.

Je me suis jetée sur le sac et je l'ai tiré.

– Ha ! ha ! le Body Shop. Sympa… Qu'est-ce que tu as acheté ?

– De l'huile de bain pour l'anniversaire de ma mère, a-t-elle répondu. Euh… Rachel ?

– Quoi ?

Elle avait les yeux écarquillés. J'ai suivi son regard. Erek, le Chey, était planté devant un magasin de chaussures.

– Bon, Erek fait du shopping, ai-je dit en haussant les épaules. Et alors ? La question, c'est : qu'est-ce qu'il espère trouver là-dedans ? De jolies sandalettes ?

– Regarde, a-t-elle murmuré. Ça recommence !

Erek a vacillé. Son hologramme humain est devenu tout flou. Puis s'est effacé. Révélant, l'espace d'un instant, le véritable Erek.

L'androïde chey.

CHAPITRE
3

– **H**oulà ! C'est pas bon du tout, ça ! ai-je soupiré.

– Qu'allons-nous faire ? a demandé Cassie en voyant l'hologramme d'Erek se mettre à scintiller de nouveau. Nous ne pouvons pas laisser...

– Il y a des oreilles tout autour de nous, l'ai-je mise en garde.

Elle s'est tue. Erek est un androïde. Il appartient à une espèce d'androïdes créés pour servir de compagnons nonviolents aux Pémalites, une race pacifique qui a été exterminée par les Hurleurs*.

Erek est un espion anti-yirk. C'est aussi un ami.

– Rachel, nous devons faire quelque chose, a murmuré Cassie.

* voir *L'Androïde* (Animorphs n° 10)

– Ouais, partons d'ici.

L'hologramme d'Erek – qui lui donne l'aspect d'un garçon normal – s'est assombri, laissant transparaître ses plaques d'acier et d'ivoire imbriquées.

– Il faut que nous prenions l'air décontracté, naturel, a dit Cassie.

Bien sûr...

Nous nous sommes faufilées à travers la foule pour nous rapprocher d'Erek et le cacher à la vue des badauds.

– Salut, Erek, ai-je lancé. Quoi de neuf, à part que tu ressembles à un téléviseur par une nuit d'orage ?

Il m'a regardée.

Il paraissait affolé.

– Erek, il faut que tu t'en ailles d'ici. Ton hologramme est détraqué.

– Je sais, a-t-il grommelé en rentrant la tête dans les épaules comme s'il voulait y disparaître. J'ai remarqué. Et ça n'a pas l'air de s'arranger. J'ai essayé de lancer tous les...

– Tu me raconteras ça plus tard, d'accord. Viens, il faut qu'on te sorte d'ici.

Là-dessus, je l'ai attrapé par le bras. Son

hologramme humain venait de devenir transparent, comme un film projeté sur un écran. Le champ de force s'était complètement désagrégé. Mes doigts serraient de l'acier, et non de la chair humaine projetée.

– Où allons-nous ? a demandé Cassie.

– Comment pouvez-vous me cacher ?

Il traînait les pieds, arrivait à peine à bouger les jambes. Comme un gros, très gros bébé qui fait ses premiers pas.

– Par ici, ai-je dit en fonçant vers l'unique boutique dans les parages, où un androïde pouvait passer à peu près inaperçu si son hologramme s'effaçait complètement.

Spencer's.

Une mine de cadeaux et de gadgets farfelus, délirants, bizzaroïdes, merveilleux. Des masques, des objets X-Files... Des extraterrestres dans des boules de neige, des extraterrestres partout.

Erek a scintillé. Et frissonné.

– Vite, dans le coin, ai-je indiqué en pointant du menton le fond du magasin, bien loin de l'adolescent qui tenait la caisse. A côté des stroboscopes.

Comme ça si des gens le voient, ils croiront que son hologramme est une illusion d'optique.

— Bonne idée, a admis Cassie, tout en tirant Erek par le bras. Je n'aurais pas pensé à Spencer's.

— Science des centres commerciaux. C'est ce que je vais prendre comme matière principale quand je serais à la fac.

Erek s'était arrêté de marcher. Il était immobile et fronçait les sourcils. Ses plaques d'acier et d'ivoire brillaient de manière éclatante.

— Je suis désolé, s'est-il excusé.

C'était bizarre. Quand je le regardais, ça me faisait l'effet d'avoir des lunettes à rayons X et de voir ses os à travers sa chair.

— Allez viens, ai-je fait.

Il a bougé la jambe. Len-te-ment.

— Erek, s'il te plaît, a chuchoté Cassie, il faut que tu te dépêches !

— Vraiment ? a-t-il répondu en avançant d'un autre pas au ralenti. Tu sais, la gravité de la situation m'avait complètement échappé.

— Tu n'arrives pas à marcher, mais tu peux faire de l'ironie ? a répliqué Cassie.

Et puis Erek s'est figé comme un bloc de glace.

Cassie et moi, nous nous sommes regardées. Elle a saisi un bras. J'ai saisi l'autre.

Tant bien que mal, nous sommes arrivées à le traîner jusqu'au fond du magasin sans nous faire remarquer, mais ce ne fut pas facile. Erek pesait bien cinquante kilos. Nous l'avons calé dans le coin, entre une pile de posters *Star Wars* et une réplique grandeur nature de l'extraterrestre du film *Alien*.

Nous avons reculé d'un pas. Le projecteur stroboscopique a clignoté, éclairant : Erek, un androïde, Erek, un androïde, un androïde, un androïde...

– Oh non, ai-je grommelé en lançant un coup d'œil à Cassie.

– Qu'est-ce qu'on fait ? m'a-t-elle demandé.

Je n'en avais pas la moindre idée.

– Waouh ! Sympa... !

C'était un môme qui portait un T-shirt vert pomme. Il avançait d'un pas lent, les yeux rivés sur le corps d'androïde d'Erek.

– Je me demande combien ça coûte, ça ?

Il s'est rapproché davantage pour chercher l'étiquette du prix.

– Euh…, a aimablement commencé Cassie.

– Je vais me renseigner, ai-je dit. Je veux dire, nous aussi ça nous intéresse. Ils sont sympas, ces androïdes.

Je me suis éloignée en faisant signe à Cassie de rester surveiller le pauvre Erek.

Il fallait que je fasse quelque chose pour repousser les clients potentiels, et vite. Heureusement, j'avais une idée. J'ai arraché l'étiquette du prix d'un cafard mécanique et je me suis faufilée dans le rayon où se trouvaient les stylos-vers de terre en caoutchouc.

Le cafard coûtait cinq dollars. J'ai barré le prix, retourné l'étiquette et griffonné : « 5000 $ ».

T-shirt vert pomme s'est exclamé :

– Ils sont malades ou quoi ? Cinq mille dollars pour un bout de métal pourri qui ne parle pas, et qui ne marche même pas ?

Là-dessus, il est parti. Mais d'autres gens allaient venir, c'était sûr. Et le vendeur, un type du genre étudiant besogneux qui était au téléphone, finirait certainement par remarquer le nouveau « gadget ».

Après le départ du garçon, Erek a dit :

– En fait, ma valeur approximative, en dollars américains, irait chercher dans les milliards.

– Écoute, reste là et garde-le, d'accord ? ai-je murmuré à Cassie. Je reviens tout de suite. Erek ? Ne t'inquiète pas, on va te sortir d'ici.

– Le garder ? a répété Cassie. Comment ça, le garder ? Attends !

Elle m'a attrapée par le bras.

– Tu vas appeler Jake, c'est ça ?

– Tu crois que je devrais ? ai-je répliqué, un peu grisée d'avoir si bien négocié l'affaire jusqu'à présent. Je pensais commander une pizza, mais j'imagine que je pourrais appeler Jake à la place.

Cassie m'a fusillée du regard.

– Merci. Très drôle. J'ai une question comique pour toi : qu'est-ce que je fais si un Contrôleur aperçoit Erek et se rend compte de ce qu'il est ?

Ça m'a en partie dégrisée.

– Tu te protèges, ai-je répondu, et j'ai croisé le regard glacé d'Erek. C'est toi qui passes en premier, Cassie. Si ça tourne mal, tu abandonnes Erek.

CHAPITRE

4

J'ai trouvé un téléphone à pièces dont personne ne se servait. J'ai composé le numéro de Jake et j'ai attendu.

« Pourvu que tu sois là », pensais-je en me mordillant la lèvre.

Quatre sonneries. Cinq. Six.

– Allô ?

– Jake ? ai-je fait, la main complètement crispée sur le combiné.

– Non, c'est Tom.

J'en suis restée pétrifiée.

Tom, le frère aîné de Jake. Mon cousin.

Un Contrôleur.

Et la dernière personne à qui j'avais envie de parler. Il fallait que je sois prudente. Très prudente.

– Salut, Tom, ai-je repris d'un ton décontracté. C'est Rachel. Jake est dans les parages ?

– Ouais. Ne quitte pas.

J'ai entendu le bruit du combiné qu'il posait.

« Dépêche-toi, Jake... » J'ai jeté un coup d'œil vers Spencer's : un groupe de trois filles se dirigeait vers le magasin.

– Allô ?

– Jake ! ai-je crié dans le combiné. Mais qu'est-ce que tu fais, bon sang ?

– Hein ? a-t-il dit, pris de court.

« Bon, Rachel, maintenant tu fais attention. Juste au cas où quelqu'un écouterait. »

– Je peux pas croire que tu aies oublié, ai-je continué en baissant la voix, mais en m'efforçant de prendre un ton contrarié. Tu étais censé nous retrouver au centre commercial, Cassie et moi. Ça fait une demi-heure qu'on poireaute devant Spencer's.

Un temps mort.

– Oh, bon sang, désolé ! a-t-il dit alors, comme s'il savait très bien de quoi je parlais. Je jouais au basket avec Marco et...

– ... Très bien, amène-le avec toi. On a rencontré

28

Erek, mais on a encore besoin d'aide pour porter nos paquets. Ils sont très lourds. Très, très lourds.

— Ouais, d'accord, a-t-il répondu avec naturel. On est partis.

— A toute ! ai-je gazouillé.

J'ai raccroché. Il y avait une femme, derrière moi, qui attendait pour téléphoner, et je me suis forcée à lui sourire.

— Ah, les garçons, ai-je soupiré. On ne peut jamais compter sur eux.

J'ai respiré à fond. Étape suivante, maintenant.

Premier arrêt au magasin de vêtements.

Le plus important était de faire sortir Erek comme il était entré : par la porte, en être humain.

J'ai jonglé habilement avec mes différentes cartes de crédit, puis je suis retournée en vitesse chez Spencer's. Je m'étais absentée vingt minutes en tout. En arrivant, j'ai trouvé Cassie face à un petit attroupement de jeunes et d'adultes, parmi lesquels le vendeur.

Cassie leur racontait je ne sais quoi. Elle était en nage et elle respirait fort, aussi. Elle n'aime vraiment pas être le centre d'attention.

— Oui, c'est le dernier produit de chez K-Tel. C'est le tout nouveau Droïde de cuisine. Il tranche en rondelles, débite en dés. Il peut même tailler des légumes en charlotte.

— En julienne, vous voulez dire ? a demandé une femme d'un ton sceptique.

— En qui vous voulez, a dit Cassie, avec une pointe de désespoir dans la voix. Ce Droïde de cuisine ira même jusqu'à vous demander : « Avec ou sans sel ? »

— Alors pourquoi il ne fait rien, là ? a lancé un des enfants.

— Ouais, allumez-le, a insisté un autre.

J'ai vu les genoux de Cassie flageoler. Ce n'est vraiment pas la reine du mensonge.

— C'est juste une maquette, c'est ça ? ai-je fait bien fort.

— Oui ! s'est-elle écriée, comme si je venais de lui révéler un secret pour gagner à la loterie. Oui ! C'est juste la maquette ! Ce n'est pas le véritable Droïde de cuisine ! Le vrai ne sera pas disponible avant... oh, avant environ, euh...

— Six mois, ai-je soufflé.

L'attroupement s'est dispersé. Cassie m'a planté les ongles dans le bras.

— Où étais-tu ? J'en ai bavé !

— Je faisais des achats.

Et avant qu'elle ne m'étrangle, j'ai ajouté :

— Pour Erek. Il a besoin de vêtements, d'un déguisement.

Je me suis mise à sortir une chemise, un pantalon et un slip des sacs.

— Un slip ? s'est étonnée Cassie d'une voix aiguë, en le brandissant en l'air. Un slip Calvin Klein ? C'est un...

Elle a regardé autour d'elle pour s'assurer que personne ne pouvait l'entendre.

— C'est un androïde. Il n'a pas besoin de sous-vêtements de marque.

— Désolée, il n'y en avait pas d'autres, ai-je rétorqué sèchement.

— Euh, Rachel ? Excuse-moi ? Un androïde ? Ça n'a pas besoin de slip.

— Oh. Très juste.

J'ai regardé le slip.

— Je pourrais peut-être le donner à Jake, alors.

– Excusez-moi ? a fait Erek. Pourrions-nous ne pas discuter de ce que…

Il s'est tu brusquement.

– Je viens d'appeler le gérant.

La voix m'a fait sursauter. Je me suis retournée. Le vendeur.

– Je viens d'appeler le gérant, a-t-il répété. Il dit que ça n'existe absolument pas, un Droïde de cuisine. Il veut savoir qui vous êtes et que j'appelle le service de sécurité du centre commercial.

Grrrrr !

Le vendeur a décollé de vingt centimètres.

– Oh regardez ! Un type déguisé en gorille, ai-je fait en riant presque, quand j'ai aperçu Jake accompagné d'un énorme gorille tout poilu – un vrai gorille, bien sûr – qui entraient d'un pas décidé dans le magasin.

Le gorille – Marco en animorphe – portait un écriteau grossièrement rédigé au marqueur autour du cou. C'était une publicité pour un film : *King Kong contre Gudzilla*.

Oui, oui, Gudzilla.

– Il est vraiment très réaliste, ce déguisement de gorille, a remarqué le vendeur avec méfiance.

— Attention ! ai-je hurlé. Cette lampe-coulée de lave va vous tomber sur la tête et vous assommer !

— Hein ?

Il a levé la tête, et Marco n'a absolument pas saisi l'allusion.

— J'ai dit, ça va vous assommer ! ai-je répété en regardant Marco avec insistance.

< Oh. Excuse-moi >, m'a dit Marco en parole mentale.

Il a tendu un poing gros comme un jambon et lui a donné une petite tape sur la tête. Le vendeur s'est affaissé comme un sac de ciment mouillé.

— Que se passe-t-il ? a demandé Jake, après que nous nous soyions assurés que le vendeur respirait toujours.

— C'est Erek. Il ne peut plus bouger du tout, ai-je expliqué. Je lui ai apporté des vêtements. Habillons-le, vite ! Et sortons-le d'ici.

— Il est comme le bûcheron en fer-blanc dans *Le Magicien d'Oz*, a repris Cassie, tout en rectifiant la position du malheureux vendeur pour qu'il soit confortablement installé dans son état d'inconscience. Vous savez, bloqué de partout.

– Mettons-lui ces vêtements, a fait Jake, qui prenait le contrôle de la situation.

J'en ai éprouvé une pointe d'amertume. Et du soulagement.

– Marco, soulève-le.

Marco a saisi Erek par la taille et, recourant à sa formidable force de gorille, il lui a fourré les bras dans les manches de la chemise.

< Un slip ? s'est exclamé Marco. Tu lui as acheté un slip Calvin Klein ? Excuse-moi, c'est un androïde ! >

– On a déjà eu cette conversation, je vous signale, a protesté Erek.

– Et pour son visage ? Un masque ?

Jake est vite allé prendre quelques masques en caoutchouc moulant dans un rayon.

– J'ai un Clinton, un extraterrestre et un Télétubby. Je crois que c'est Dipsy.

– Ce n'est pas Dipsy, celui-là, c'est Tinky Winky, a rectifié Cassie. Dipsy est vert et il a un truc tout droit sur la tête. Tinky Winky est celui qui a le triangle.

< Et le petit rouge, qui est-ce ? > a demandé Marco.

– Po, a répondu Cassie.

< Ah, ouais. >

– Sans vouloir vous vexer, est intervenu Erek, c'est un miracle que vous ne vous soyiez jamais fait prendre.

Entretemps, pendant que nous avions cette conversation légèrement folle, j'habillais mon premier androïde. J'avais vu juste pour toutes les tailles.

– Je suis la déesse du shopping, ai-je déclaré avec satisfaction.

Le vendeur a poussé un grognement.

– Il faut qu'on se dépêche, a dit Jake. Choisis un visage : Clinton ou Tinky Winky ?

Une minute plus tard, un gorille affublé d'un panneau publicitaire pour un film, avec une faute d'orthographe dans le titre, sortait du centre commercial en portant sur son épaule un Bill Clinton habillé à la mode adolescente.

Heureusement, c'étaient la période des soldes, de sorte que peu de gens nous ont remarqués.

Du moins c'est comme cela que je me suis expliqué les choses, sur le coup.

CHAPITRE 5

Nous avons pris un bus qui allait dans le quartier d'Erek et nous sommes descendus avec la sensation d'avoir de la chance. Beaucoup trop de chance.

– Heureusement qu'il n'y avait personne d'autre que nous dans ce bus, m'a dit Jake.

Marco était un peu plus loin devant et avançait à grandes enjambées, Erek en travers de l'épaule.

– Ouais.

J'ai balayé du regard la rue calme et déserte.

– Combien de chances un gorille trimballant Bill Clinton sur son dos a-t-il de passer inaperçu ? Nous sortons du centre commercial et il n'y a pas un seul vigile pour nous intercepter ? Nous prenons le bus et le chauffeur nous remarque à peine ? Et nous sommes les seuls passagers ? Je veux dire, c'est un peu gros, non ?

– Oui, a admis Cassie.

– Lorsqu'on est sortis du centre commercial, personne ne nous a remarqués, ai-je repris. Bizarre.

– Peut-être qué non, a objecté Cassie. Peut-être que tout le monde est très occupé et que nous, nous devenons un peu trop paranos, à la longue, tu sais ?

C'était peut-être le cas, mais je n'y croyais pas. Mon instinct me disait qu'il y avait autre chose là-dessous.

Vous comprenez, j'ai appris à me méfier des coïncidences.

– Vous savez quoi ? a dit Jake d'un ton peu encourageant. Quand nous sommes arrivés, Marco et moi, il y avait des camions d'électriciens garés tout autour du centre commercial. J'ai entendu un des ouvriers dire que toutes les caméras de surveillance étaient tombées en panne.

Quoi ? Aucun enregistrement vidéo de ce qui s'était passé, alors que le centre commercial devait grouiller de Contrôleurs ? Alors qu'un des vestiaires du magasin de vêtements était une des entrées du Bassin yirk ?

Un peu gros, vraiment...

– Des Yirks ? a suggéré Jake en fronçant les sourcils.

– Pourquoi neutraliser l'hologramme d'Erek et ensuite s'assurer qu'il n'y ait aucune preuve ? ai-je dit.

– Est-ce qu'on nous protège ou est-ce qu'on nous tend un piège ? a demandé Cassie.

– Un peu comme si on nous avait accordé un genre de passage protégé ? a ajouté Jake d'un ton songeur.

– Mmm... ai-je grommelé.

< Ça vous gênerait de vous dépêcher un peu ? a lancé Marco. Il ne me reste plus qu'un quart d'heure avant de me retrouver à manger des bananes pour le restant de mes jours en balançant mes grosses paluches. >

– Dans ton cas, ça ne représenterait pas un changement majeur, si je ne m'abuse ? ai-je rétorqué du tac au tac, pour le regretter aussitôt.

Vous comprenez, l'animorphe est une arme

incroyable. Mais c'est aussi comme une épée à double tranchant, car si vous restez dans une animorphe plus de deux heures, vous vous retrouvez prisonnier, coincé pour toujours.

C'est ce qui est arrivé à Tobias.

Repenser à Tobias a réveillé tous mes doutes de la matinée.

Mes efforts pour être normale. Le moment où je suis tombée de la poutre.

T.T. qui m'a invitée à sortir avec lui.

Le stress retombait. Les émotions normales refaisaient surface. Des émotions normales telles que le sentiment de culpabilité. La culpabilité d'avoir envisagé la possibilité d'accepter l'invitation de T.T.

Alors, comme s'il avait lu dans mes pensées, Tobias a piqué vers le sol et s'est perché dans un arbre pas très loin de nous.

< Que se passe-t-il ? a-t-il demandé. Je viens de vous voir descendre du bus, les gars. Y a-t-il une raison particulière pour que Marco porte Erek sur son dos ? >

Jake s'est rapproché de Tobias pour lui parler :

– Est-ce que nous sommes suivis ?

< Non, tout va bien. Si vous me racontiez un peu ce qui se passe ? >

< Erek a dû rater sa dernière visite d'entretien, a expliqué Marco. Il est bloqué. Je crois que c'est la transmission. >

– Et si tout ça n'était qu'un piège pour mettre les Yirks sur la piste des Cheys ? a demandé Cassie.

< Personne ne vous suit, a répété Tobias. De toute façon, à quoi bon s'inquiéter ? Les Yirks n'auraient qu'à capturer n'importe lequel d'entre nous, ils auraint très vite toutes les réponses à leurs questions. >

Il avait raison. Si jamais les Yirks transformaient l'un de nous en Contrôleur, tous nos secrets seraient divulgués.

– Je ne sais pas, a soupiré Cassie en secouant la tête. Je crois que tu as raison, Rachel. Il y a quelque chose de bizarre dans tout ça.

Et, à la minute où Jake a ouvert la porte d'entrée du pavillon d'Erek et où nous sommes entrés chez lui, j'ai su que ça allait devenir encore plus bizarre.

CHAPITRE
6

M. King, le « père » d'Erek, était assis sur le canapé. Il avait une télécommande dans une main et un biscuit apéritif dans l'autre. Il ressemblait à n'importe quel autre père en train de ne rien faire.

Sauf que son hologramme humain avait disparu, et que la scène paraissait plutôt bizzaroïde. Et, bien sûr, il n'était pas plus le père d'Erek que moi. C'était juste un androïde vieux de plusieurs siècles qui jouait un rôle de plus.

— Alors il n'y a pas qu'Erek, ai-je dit.

— Non, a répondu M. King, sans bouger d'un millimètre. Tous les Cheys sont neutralisés. Émetteurs holographiques en panne. Centres moteurs en panne. Centres logiques, synthétiseurs de parole et Chey-net tous en état normal de fonctionnement.

< Chey-net ? > a demandé Marco.

– Communication inter-Cheys, a expliqué Erek. Nous avons notre propre Internet qui date de l'époque où vos ancêtres commençaient à dessiner des hiéroglyphes sur les parois des pyramides.

< Ah ouais ? C'est cool. AOL. Androïde On-Line. >

– Mais pourquoi tout cela se produit-il ? a demandé Jake. Et comment ?

– Nous l'ignorons, a répondu M. King.

Marco a déposé Erek sur le canapé et s'est mis à démorphoser. En quelques minutes, le gorille a diminué de volume et son épaisse fourrure noire est redevenue la peau humaine de Marco.

– Vous devez bien avoir une idée de ce qui peut provoquer ça. Je croyais que vous autres, vous étiez indestructibles, a continué Jake, avec une pointe de contrariété dans la voix.

Ce qui était assez légitime. Moi aussi, j'étais contrariée. Nous avions l'habitude de voir les Cheys tellement forts, tellement maîtres de la situation.

Et en plus, la journée n'avait pas très bien commencé…

– Le vaisseau, a dit Erek.

– Le vaisseau ?

– Le vaisseau pémalite.

– Le vaisseau pémalite ? a répété Marco. Quel vaisseau pémalite ?

– Celui que nous avons caché dans un profond canyon sous-marin il y a quelques milliers d'années, à notre arrivée sur Terre. Il devrait être inaccessible, normalement. La pression atmosphérique, à cette profondeur, réduirait un humain à la taille d'un cochon d'Inde.

– Euh, à quelle profondeur est-il ? ai-je demandé.

– Quinze mille pieds, a répondu M. King.

Marco a sifflé.

– Quasiment cinq kilomètres ! s'est-il exclamé.

Nous l'avons tous regardé avec surprise.

– Hé, a-t-il protesté, je vous l'ai déjà dit, je ne dors pas pendant tous les cours.

– Les connexions de notre Chey-net passent par l'ordinateur du vaisseau, a repris M. King. Et toucher à cet ordinateur serait l'unique façon de mettre nos systèmes hors-service.

< Cela voudrait dire quoi, alors ? Que quelqu'un a trouvé le vaisseau et touché aux commandes ? est

43

intervenu Tobias, perché sur la télé, qui réfléchissait tout en se lissant les plumes de l'aile droite. Ça ne nous dit toujours pas qui ni pourquoi. >

— Ni le résultat qu'ils espèrent obtenir, ai-je ajouté.

— Ni comment y remédier, a dit Jake. Est-ce réparable, d'ailleurs ?

— Oui, ça, ce serait simple. En revanche accéder à l'ordinateur serait une entreprise extrêmement dangereuse, lui a répondu M. King.

— Être un androïde paralysé n'est pas à proprement parler dépourvu de risques, lui ai-je fait remarquer. Surtout quand il est évident que quelqu'un sait que vous êtes ici et que vous êtes vulnérables.

— Et les autres Cheys ? a demandé Cassie.

— Tous pareils. Ils ont tous perdu leur hologramme et leur faculté de mouvement. La majorité d'entre eux sont en sécurité, à l'abri des regards. Mais il y en a deux qui sont en grand danger actuellement. Le premier travaille comme gardien dans un centre de recherche nucléaire. Lorsque son hologramme a disparu, il s'est caché dans la chambre forte où sont stockés les déchets radioactifs.

– Ça, au moins, c'est un endroit sûr, enfin en quelque sorte, a remarqué Jake.

– Seulement jusqu'au changement d'équipe, a repris M. King. Le centre est inspecté de fond en comble tous les soirs à dix heures, avant que l'équipe de nuit prenne la relève. La personne qui ouvrira la chambre forte découvrira une technologie extrêmement avancée... et non humaine.

– Si les Yirks s'emparent de notre technologie... a commencé Erek.

– Ce n'est même pas la peine d'y penser, a bougonné Marco.

– Sommes-nous censés nous introduire dans la centrale nucléaire ? ai-je demandé.

– Non, a répondu M. King. C'est un centre de haute sécurité. Vous ne pourriez pas sortir le Chey sans qu'on vous repère.

– Et l'autre Chey en danger dont vous parliez ? a demandé Jake avec calme.

Jake n'est jamais aussi calme que lorsqu'il s'inquiète.

– Elle court un danger plus immédiat, a expliqué M. King. Son nom humain est Lourdes.

— Elle vit dans la rue, a ajouté Erek. C'est une SDF.

— Une quoi ? Pourquoi ? s'est exclamée Cassie.

— Nous avons besoin d'accéder à toutes les couches sociales pour traquer les activités des Yirks, a dit Erek. Mais ne soyez pas tristes pour elle. N'oubliez pas que nous, les Cheys, nous vivons plusieurs vies. Dans son apparence humaine précédente, Lourdes était actrice de cinéma. Elle avait beaucoup de succès.

— Elle dort dans une maison abandonnée. Presque abandonnée, plutôt : la moitié de cette batisse sert à cacher des marchandises volées. C'est un receleur du nom de Strake qui s'en occupe, a poursuivi M. King. Nous le soupçonnons d'être un Contrôleur.

— Un Contrôleur qui recèle des marchandises volées ? ai-je fait, en riant presque.

— Oui. Ça le met en contact avec une gamme étendue de criminels.

— Waouh ! Ce n'est pas toujours la belle vie d'être un androïde, alors, hein ? ai-je plaisanté.

— Je ne te le fais pas dire, a rétorqué Erek, je me fais passer pour un élève de collège.

– Bien envoyé ! Où est cette Lourdes, à présent ?

– Elle est arrivée à se réfugier dans un placard sous l'escalier de l'entrée, a dit M. King. Mais il y a une complication : nous avons appris que la police allait faire une descente là-bas. Cette descente va avoir lieu d'ici une vingtaine de minutes et nous sommes certains qu'il y a au moins un humain-Contrôleur affecté à l'équipe d'intervention.

– Vingt minutes ! ai-je presque hurlé.

– Ça laisse peu de temps, a reconnu M. King sur un ton d'excuse. Nous comprendrons parfaitement si vous n'allez pas porter secours à cette Chey. Vous risquez fort d'être blessés.

– Nous risquons fort d'être blessés à chaque minute de chaque jour, a répliqué Marco avec exaspération.

– Où est-ce ? a demandé Jake.

Erek nous a donné l'adresse.

– Des points de repère, ai-je réclamé avec impatience. Nous serons en l'air.

– Tobias, a lancé Jake, va chercher Ax et rattrapez-nous. Tout de suite !

J'ai ouvert la porte et Tobias est sorti en flèche.

– La maison abandonnée borde la voie ferrée. Elle est en briques, entourée de bâtiments condamnés et juste à côté d'un entrepôt, a expliqué M. King. Soyez prudents. C'est un quartier mal famé.

– Ouais, on a vraiment peur de se faire braquer, ai-je dit en riant.

– Récapitulons, a fait Marco. Si j'ai bien compris, nous devons sortir une Chey paralysée d'une maison où sont planquées des marchandises volées avant que les Contrôleurs ne la trouvent. Ensuite nous devons plonger tout au fond de l'océan, trouver le vaisseau pémalite, nous débrouiller pour entrer dedans et redémarrer l'ordinateur avant dix heures ce soir pour que les Yirks ne capturent pas le Chey qui est dans la chambre forte du centre de recherche nucléaire. Est-ce à peu près tout ? Ou devons-nous, en plus, trouver la fontaine de Jouvence et revenir avec un gâteau basses calories qui soit aussi bon qu'une crème Mont-Blanc ?

– Tic tac, ai-je dit avec un grand sourire. Tic tac. Tic tac. L'heure tourne.

– T'es une malade mentale, a commenté Marco.

– Encore une chose, a ajouté Erek. Le vaisseau pémalite émet un signal de détresse qui a certaine-ment été détecté par un vaisseau spatial yirk en orbite. Ils vous attendent peut-être déjà là-bas, sous l'océan.

CHAPITRE
7

< **V**ous savez, si mon père apprend que je traîne avec des criminels, je serai privé de sorties pour un an >, a blagué Marco pendant que nous volions vers les quartiers sud de la ville.

< T'es pas le seul >, ai-je rétorqué, attentive à maintenir ma distance par rapport aux autres, tout en restant assez près pour pouvoir communiquer avec eux en parole mentale.

Pendant que nous morphosions, Erek nous avait expliqué comment accéder au vaisseau pémalite. Ensuite, nous avions décollé le plus rapidement possible, en prenant à peine le temps de changer la chaîne sur la télévision d'Erek. Les deux Cheys allaient être coincés devant le poste pour un bon bout de temps.

Nous agitions nos ailes de toutes nos forces, sans songer à économiser de l'énergie. Nous avions de l'énergie. Ce qui nous manquait, c'était du temps.

< Voie ferrée droit devant, a indiqué Jake. J'aimerais bien qu'Ax soit là, ne serait-ce que pour compter le temps. >

Voie ferrée droit devant. Et aussi : carcasses de voitures, immeubles décrépis, montagnes de détritus. Mes yeux d'aigle me montraient tout, y compris les bouteilles cassées et les canettes vides, les douilles, les mégots de cigarette, les graffitis.

Même l'air semblait différent, ici. Plus sombre. Plus gris.

Lourd de l'absence d'espoir.

L'homme avait déjà perdu la bataille ici. Et il aurait du mal à reconquérir ce terrain.

J'étais contente qu'Ax ne soit pas là. Je n'avais pas envie de devoir lui expliquer tout ça. Et je ne pensais pas que Tobias pourrait le trouver à temps pour qu'il participe à l'opération.

De toute façon, nous n'aurions pas vraiment besoin de puissance supplémentaire. Les voleurs font peut-être peur aux gens ordinaires, mais pas à nous. C'était une simple incursion, vite fait, bien fait. Pas la grosse affaire.

< Ça doit être là, a dit Jake. La maison avec la grande porte métallique. Allons-y ! >

J'ai laissé glisser l'air le long de mes ailes pour le suivre et j'ai piqué vers la cour envahie de buissons et d'herbes folles.

Il nous restait environ cinq minutes avant l'arrivée de la police. Peut-être. Même pas le temps de nous poser, de démorphoser et de remorphoser.

Tout semblait contre nous, et pourtant...

La montée d'adrénaline !

Je me suis posée au milieu des mauvaises herbes et des gravats. Aussitôt, j'ai commencé à démorphoser.

Mon bec s'est enroulé sur lui-même pour s'enfoncer dans mon visage. Ma tête a enflé. Mes pattes se sont allongées en me propulsant à la verticale, tandis que mes plumes glissaient et se refondaient en peau humaine.

Je me suis soudain sentie vulnérable. Pour le moment, je n'étais qu'une fille. Une fille dans un endroit peu recommandable. Il était temps de remorphoser. En quelque chose de grand. De dangereux. Qui ne craindrait pas trop les portes métalliques et les balles de neuf millimètres.

Jake, Marco et Cassie avaient eux aussi entamé leurs animorphes. Jake voyait les choses comme moi : c'était un travail de poids lourds. Pour la subtilité, on repasserait. La corne de rhinocéros pointait déjà au milieu de son front.

Les bras de Marco étaient longs et couverts d'épais poils noirs. Le visage de Cassie se changeait en museau de loup.

J'ai horreur d'être la dernière. J'ai fermé les yeux et je me suis dépêchée de commencer à morphoser.

Zip ! Mon nez s'est déployé comme un tuyau de pompe à incendie.

Morphoser, ce n'est jamais joli. Et jamais prévisible. Cela se passe de différentes façons chaque fois. Vous avez des parties de corps qui poussent ou disparaissent dans un ordre bizarre.

C'était ce qui venait de m'arriver. J'avais une trompe d'éléphant faisant le tiers de sa taille normale qui dépassait de mon visage, encore humain pour le reste.

Mes os se transformaient en grinçant, et ils ont continué de grossir jusqu'à ce que ma tête soit assez grosse pour ma trompe.

Mes jambes s'épaississaient, façon poteaux télégraphiques. Ma peau a foncé et s'est durcie.

Et puis, dans une poussée vertigineuse, mes pattes sont devenues de véritables troncs d'arbre. J'ai fusé vers le ciel ! Quatre mètres plus haut ! Et pendant ce temps mon corps prenait les proportions d'un dirigeable de sept mille kilos, tout en muscles.

Tout à coup, des portes qui claquent. Vlan ! Vlan ! Vlan !

– Police ! Ouvrez !

Jake a lancé un juron.

< La descente a commencé ! a-t-il hurlé. Marco, tu attrapes la Chey et tu la sors d'ici. Nous autres, on te couvre. Allez, vas-y, vas-y ! >

– **A** terre ! Tout le monde à terre !

– Couchez-vous ! Les mains derrière la tête !

– J'ai dit à terre, ne bougez pas !

Ils devaient être une douzaine de policiers, qui hurlaient tous à la fois. Combien de temps encore, avant qu'ils ne découvrent la Chey ?

Et si le policier qui était un Contrôleur la trouvait le premier…

Le cœur battant, j'ai chargé vers la maison à travers les broussailles. Le sol tremblait sous moi. Littéralement.

Jake était à côté de moi et réglait son allure sur la mienne car, avec ses yeux de rhino, il n'y voyait pas suffisamment bien pour se diriger tout seul.

La porte qui se trouvait derrière la maison s'est

ouverte, et un type maigre et crasseux est sorti en titubant.

— Iiiiiiii-yyiiii-eh ! ai-je barri.

— Ahhhh ! a-t-il hurlé, avant de faire demi-tour et de repartir en courant dans la maison.

Et puis…

Pan ! Pan ! Pan !

Des coups de feu !

< Moi d'abord, et toi ensuite >, a dit Jake.

< D'accord. >

Vlam ! Il a percuté la porte qui s'est ouverte d'un coup, en sautant hors de ses gonds.

Il a reculé. J'ai percuté l'encadrement de la porte. J'ai forcé le passage avec mes épaules musclées et j'ai fait éclater la structure de bois. J'ai soulevé et déformé le plafond. Ma grosse tête était à l'intérieur, à l'intérieur et dans le noir.

Pan ! Pan ! Pan ! Des coups de feu ! Quelqu'un a crié. Une forme sombre s'est précipitée vers moi. L'individu ne portait pas d'uniforme. J'ai balancé ma trompe et je l'ai fauché à la taille.

Il est tombé violemment, et le pistolet a roulé loin de lui.

J'ai fait marche arrière. Marco et Cassie se sont élancés par la brèche que Jake et moi avions ouverte.

Les gens hurlaient. Un vent de panique flottait dans l'air.

– Ne bougez plus ou je tire ! Hé ! Je rêve ou c'est un rhinocéros ?

– Bbbraaaaooooooorrr ! a crié Marco.

– Oh, bon sang, je n'ai pourtant pas bu !

Pan ! Pan ! Un hurlement aigu, strident.

Le cri d'un loup... Cassie.

Quelqu'un avait tiré sur Cassie !

Folle de rage, j'ai appuyé l'épaule contre le chambranle de la porte et j'ai poussé cette fois-ci de toutes mes forces. Des briques ont bougé. Les joints ont commencé à céder. Soudain, les briques ont volé et le mur tout entier s'est effondré. Une pluie de gravats s'est abattue tout autour de moi et sur ma tête, mais je les sentais à peine.

– Eeeeyyyyiiiiii !

Je me suis ruée dans les décombres en barrissant. La poussière gênait ma vue. Me remplissait les poumons, me faisait éternuer.

– At... choum !

Le souffle a renversé une fille toute maigre qui fumait une cigarette.

– Nom de... un éléphant ! a hurlé quelqu'un.

– Appelez du renfort ! a ordonné un policier. C'est une vraie ménagerie, ici !

J'ai balancé ma trompe et envoyé valdinguer quelques chaises branlantes.

< Cassie ? >

< Rachel ? >

< Cassie ? Mais où es-tu ? > ai-je appelé désespérément.

J'ai fracassé un mur pour fouiller la pièce d'à côté. Le sol était jonché de matelas couverts de taches ; ça sentait l'urine et le vomi.

Un type au teint crayeux était allongé là, le regard vide, trop drogué pour bouger. Il s'est contenté de me regarder.

Je l'ai attrapé par la cheville et je l'ai projeté par le trou du mur. Je ne voulais pas lui marcher dessus accidentellement. La police n'aurait qu'à s'occuper de lui plus tard.

< Je suis avec Lourdes sous l'escalier, a crié

Cassie. Rachel, il y a un crétin qui m'a tiré dans le dos, je ne peux plus bouger les jambes ! Je ne peux pas démorphoser avec tous ces gens partout. >

Un sentiment de colère féroce a grandi en moi.

< Marco ! > ai-je hurlé en démolissant un autre mur.

Pan ! Pan ! Pan !

– Ah ! Je suis blessé, a gémi un policier, quelque part dans l'obscurité.

< Quoi ? > a lancé Marco.

< Où est le crétin qui tire ? > lui ai-je demandé, tout en balançant ma tête et en pulvérisant les restes d'un chambranle.

< Sur le palier, juste au-dessus de l'endroit où se trouvent Cassie et la Chey. Je ne peux pas m'en occuper, j'ai reçu un coup de couteau. Assez méchant. C'est une maison de fous, ici ! > a-t-il crié.

< Je suis pris au piège ! s'est écriée la voix mentale de Jake, provenant de dehors. Je me suis perdu et j'ai déboulé par la porte de devant, et maintenant les flics m'ont encerclé avec leurs voitures. >

C'était de la folie ! Nous étions pris entre la police et les criminels.

Parer au plus urgent. Le type armé. Celui qui avait tiré sur Cassie.

J'étais très en colère. Et j'étais très volumineuse.

Rien ne pouvait m'arrêter.

Le bois, le plâtre, les lambris : tout volait sur mon passage comme une pluie de confettis.

Je démolissais la maison.

J'étais déchaînée.

Je me suis dirigée vers les pièces de devant.

Les murs tremblaient.

Le plancher pourri s'est incurvé, fissuré, puis il a cédé.

Crrraaacccccc !

Mes pattes se sont enfoncées dans le vide sanitaire, sous la maison, et j'ai trébuché. Un mètre de profondeur. La belle affaire. Je me suis relevée et je me suis frayée un chemin à travers les débris de bois pointus comme un gosse, à la plage, qui avance dans les vagues.

Des clous rouillés et des éclats de bois me lacéraient la peau. Une multitude de petites piqûres douloureuses. Ça ne comptait pas. Je fouillais le sol avec mes défenses.

L'homme au pistolet. Je voulais l'avoir et je l'aurais.

Et soudain, je l'ai aperçu.

Accroupi devant la porte du placard, sous l'escalier.

Il était sale. Maigre. Il avait les yeux enfoncés dans les orbites.

Il m'a vue, lui aussi.

Il a braqué son pistolet pile sur ma tête.

– Andalite, a-t-il bougonné avec hargne, avant de presser sur la détente.

CHAPITRE 9

Schdnug !

Une sensation de brûlure aiguë. Une douleur ful-gurante et brutale.

Un jet de sang chaud a jailli de ma tête, aveuglant mon œil droit.

– Eeeeeyyyyiiii-ahh !

J'ai frappé avec ma trompe comme avec une batte de base-ball. Je l'ai sentie entrer en contact avec son corps anguleux.

Boung !

– Aaaahhh ! a grogné l'homme en voltigeant à tra-vers la pièce, puis par la vitre crasseuse de la fenêtre de devant.

Il est retombé dehors dans une pluie d'éclats de verre et il est resté étendu sur le sol.

Filtrées par les atroces battements qui me martelaient la tête, j'ai entendu des voix désincarnées venant de la rue :

– Hé, c'est Strake ! C'est notre gars. Vite, passez-lui les menottes ! a crié un policier.

– Et qu'est-ce qu'on fait pour le rhino ? Il est en train de bousiller ma voiture !

– Il n'y a pas quelqu'un qui peut attraper ce gorille avant qu'il n'arrache mon gyrophare ?

– Ne vous occupez pas d'eux, pour le moment ! On a appelé les pompiers plus un vétérinaire du Parc. A eux de s'en débrouiller ! Tenez-vous à l'écart, c'est tout !

Quoi ? J'ai cligné de l'œil pour chasser un peu du sang qui coulait dessus.

« Un vétérinaire du Parc ? Super. » Le vétérinaire du Parc, c'était la mère de Cassie !

Et elle savait drôlement bien manier le fusil à fléchettes pour administrer des calmants à distance.

< Marco, tu peux revenir à l'intérieur ? ai-je appelé, en me sentant devenir de plus en plus faible. Je me suis fait tirer dessus. >

< Je vais essayer, mais là j'ai à peu près sept

flics qui me braquent leurs fusils en pleine poitrine >, a-t-il répondu d'une voix tendue.

– Tssiiiiiir !

– Bon sang, un faucon, maintenant ? a hurlé un flic. Et puis quoi encore ? C'est *Animal Attacks* ici, ou quoi ? Arrêtez tous de tirer, sinon on va finir par s'entretuer !

< Dépêche-toi, Tobias, on est vraiment mal, là ! >

Tout en lui parlant, j'ai enroulé le bout de ma trompe autour de la poignée du placard et je l'ai ouvert d'une secousse.

< J'ai amené Ax, aussi. >

C'était la première bonne nouvelle que j'entendais depuis un bon moment.

Un androïde était calé contre le mur sale. Un androïde chey.

Un loup inerte et haletant gisait sur ses genoux.

Tous les deux étaient couverts de sang.

< Lourdes ? >

– Salut. Tu dois être Rachel. Erek nous a tout dit à ton sujet. Je suis ravie de faire ta connaissance.

< Euh, moi aussi >, ai-je répondu, déstabilisée par l'accueil de la Chey.

Puis j'ai ajouté :

< Cassie, tu m'entends ? >

Le loup a levé doucement la tête et m'a regardée avec des yeux sombres.

< Oui. >

< Démorphose. Fais-le maintenant >, lui ai-je dit.

J'ai enroulé ma trompe autour de son corps de loup et l'ai soulevée délicatement.

< Pour me faire arrêter ? a-t-elle répondu avec un petit rire faible. Pas question. Ma mère me tuerait ! >

– Reculez ! Reculez ! Vite !

Des cris. Du brouhaha. Des pas précipités.

< Tiens, donne-la-moi. >

Marco a surgi à côté de moi et a pris Cassie dans ses bras. Du sang coulait de son cou et lui couvrait l'épaule. Il avait deux vilaines coupures au bras droit.

< Que se passe-t-il, dehors ? > lui ai-je demandé, tout en replongeant la trompe dans le placard pour prendre Lourdes.

Ce n'était rien, pour un éléphant. Les éléphants soulèvent des arbres. Un androïde n'était qu'une plume.

< Jake s'est échappé. Il est déjà derrière la maison. >

< Comment a-t-il fait ? >

< Tobias. Il a piqué le fusil d'un des flics et il vole dans tous les sens avec, façon oiseau psychopathe ; ils sont tous à moitié morts de peur. Même Strake essaie de se glisser sous une voiture de police. >

< Alors allons-y. >

< C'est maintenant ou jamais >, a acquiescé Marco.

En titubant, nous avons fait demi-tour dans cet espace exigu, et nous nous sommes retrouvés nez à nez avec un policier. Il tremblait et transpirait abondamment. Je pouvais le comprendre.

Mais son expression a changé. J'y ai lu une peur nouvelle. Puis une haine bien familière.

— Des Andalites, a-t-il articulé.

Avec un rictus hargneux, le policier a brandi son pistolet et pressé sur la détente.

Pan ! Pan ! Pan ! Pan !

Cassie a poussé un petit cri.

Marco a tressailli, titubé, basculé en avant et disparu dans l'obscurité humide du vide sanitaire.

CHAPITRE
10

J'ai cligné des yeux, trop choquée pour bouger.

L'odeur forte et âcre de la poudre flottait dans l'air.

Les détonations résonnaient encore à mes oreilles.

— Donne-moi l'androïde, Andalite, a rugi le policier.

C'est à peine si je l'ai entendu.

Marco. Cassie.

J'ai plongé le regard dans le vide sanitaire.

Ils gisaient l'un contre l'autre, pêle-mêle et sans vie. Leur sang foncé s'étalait sur le sol de terre battue en une mare de plus en plus grande qui s'étendait vers mes pieds.

Des pensées confuses me traversaient l'esprit.

J'étais coincée. Prise au piège.

Acculée contre l'escalier à ma droite, Marco et Cassie inertes à ma gauche.

J'étais prise entre leurs corps inertes, et le policier posté sur les débris de plancher devant moi.

Si je me déplaçais, à part en avant, j'écraserais Marco et Cassie.

Mais si j'avançais, j'étais morte.

< Marco ? Cassie ? > ai-je appelé, prise de panique.

Silence.

S'ils étaient morts, c'était ce type qui les avait tués.

Et maintenant, il allait me tuer aussi et s'emparer de Lourdes.

Ensuite, les Yirks brutaliseraient la Chey.

Ils voleraient la technologie chey, ce qui les rendrait encore plus forts. Encore plus difficiles à battre.

Mes muscles se sont mis à trembler ; une haine noire a déferlé dans mon cœur.

Il avait tué ma meilleure amie.

Il se pouvait qu'il me tue moi aussi. Très bien. Il

n'empêche qu'il n'aurait pas la Chey. Parce que je le tuerais d'abord.

– Donne-moi l'androïde, Andalite, a-t-il répété en braquant son arme sur mon front déjà blessé.

Il s'est avancé vers moi ; à présent, moins d'un mètre cinquante nous séparait.

< Je ne crois pas, non >, ai-je répondu.

J'ai levé ma trompe, hissant Lourdes bien au-dessus de ma tête. Et j'ai formulé l'espoir que cette guerrière chey non violente me pardonnerait de l'utiliser comme massue.

– Donne-moi l'androïde et peut-être que Vysserk Trois t'accordera sa clémence ! a-t-il lâché d'un ton sec. Tu n'as aucune chance de t'enfuir, a poursuivi le policier-Contrôleur en se rapprochant lentement. Tes amis sont morts et, maintenant, c'est ton tour.

Je n'avais pas envie de mourir.

Mais tant qu'à faire, autant mourir en guerrière.

Du coin de l'œil, j'ai entrevu une ombre noir et blanc. Qu'est-ce que… ?

Soudain, une minuscule créature couverte de fourrure est entrée en se dandinant. Grosse comme un chat, l'air parfaitement inoffensif.

L'air inoffensif tant que vous ne savez pas ce que vous avez en face de vous. Tant que vous ignorez ce que signifie cette queue rayée de noir et de blanc.

Le putois – Ax, ai-je supposé – a foncé entre mes énormes pattes, s'est retourné, a dirigé son arrière-train vers le Contrôleur et a tiré sans sommation.

L'air s'est empli d'une puanteur forte, épaisse et écœurante.

Vous croyez connaître l'odeur des putois parce que vous avez déjà senti des boules puantes ? Mais vous n'avez aucune idée du terrifiant pouvoir de cette arme déguisée en adorable petite boule de poils.

– Aaarrgh ! a hurlé le policier en reculant d'un pas, les deux mains plaquées sur les yeux.

J'ai failli m'effondrer avec lui. Ax ne m'avait pas touchée, mais même un coup raté est abominable.

< Maintenant, Rachel ! > a ordonné Ax, qui s'est sauvé en trottinant.

Bloumpf ! C-r-r-r-a-cccc !

Schlaff !

Ma trompe, lestée par l'androïde, s'est abattue

sur le Contrôleur ; il est tombé sur les genoux avant de passer au travers du plancher pourri.

Il a tressailli une dernière fois, puis s'est immobilisé au fond du vide sanitaire. Il respirait encore. Je n'étais pas sûre que ça me fasse plaisir.

Tobias s'est engouffré par la fenêtre cassée et il a pilé net devant moi.

< Rachel ! Le camion des pompiers vient de se garer devant la maison ! La mère de Cassie est avec eux et ils ont des fusils à fléchettes ! Il faut qu'on s'en aille d'ici ! >

< Je dois prendre Marco et Cassie >, lui ai-je répondu en déposant Lourdes sur une lame de plancher encore stable.

J'ai plongé la trompe dans le vide sanitaire.

< Ta plaie à la tête saigne énormément, Rachel, a dit Ax. Il faut que tu démorphoses avant d'être trop faible. >

< Une minute. >

Avec obstination, je fouillais dans le noir. Enfin, j'ai repéré une des jambes de gorille poilues de Marco. Je l'ai saisie avec ma trompe et j'ai hissé Marco dans les airs.

Il pendait la tête en bas, ses bras se balançant lentement, blessé de partout, la fourrure sale et collée par le sang.

Et puis il a ouvert les yeux.

< Arrêtez l'autobus, a-t-il émis d'une voix faible, je veux descendre. >

< Marco ! ai-je hurlé, tellement stupéfaite que j'ai failli le lâcher. Je te croyais mort ! >

< Ouais, ben je suis désolé de te décevoir. >

Autour de nous, le sol s'est mis à trembler. Des blocs de plâtre se sont détachés du plafond et ce qui restait des murs s'est couvert de fissures.

< Je vais détourner l'attention des pompiers >, a dit Tobias, qui a fait demi-tour et a filé par la fenêtre brisée.

< Dépêche-toi, Rachel, m'a prévenue Ax, tout en se dandinant vers la porte de la maison. Je crois que ce bâtiment n'est plus très stable. >

J'ai balancé Marco par-dessus ma tête et je l'ai déposé sur mon énorme dos parcheminé.

< Tu vas pouvoir t'accrocher là-haut ? lui ai-je demandé. Au moins jusqu'à la voie ferrée ? >

< King Kong peut-il escalader l'Empire State Buil-

ding ? > a-t-il répliqué en se cramponnant aux poils fins et rêches de ma tête et en serrant très fort les genoux.

J'ai de nouveau sondé le vide sanitaire et enroulé ma trompe autour du corps inerte de Cassie en loup.

Il était encore chaud. Son cœur battait sous la fourrure.

Je me suis sentie extrêmement soulagée.

< Attrape-la >, ai-je dit.

Les genoux tremblants, j'ai brandi Cassie en l'air jusqu'à ce que Marco la saisisse et la cale contre lui.

J'ai ensuite ramassé Lourdes. Je n'y voyais presque rien. J'avais un œil aveuglé par le sang. L'autre était bizarrement voilé. J'ai balancé l'androïde sur mon dos.

< Mets le cap sur le cirque le plus proche >, a dit Marco.

Nous sommes partis.

CHAPITRE
11

< On y va, ai-je crié en fonçant vers la porte d'entrée comme un mastodonte que j'étais. Accrochez-vous, les gars, on est partis ! >

J'ai levé ma trompe et poussé un barrissement furieux.

Puis j'ai déboulé par la porte, emportant avec moi un pan de mur format éléphant.

Bloumpf !

C-r-r-r-a-cccc !

– Houlà ! Poussez-vous ! Vite, poussez-vous tous !

– Reculez, tout le monde ! J'ai besoin que vous vous écartiez pour tirer !

Les gens couraient dans tous les sens. C'était le chaos.

Tobias, qui attaquait toujours en piqué en brandissant un fusil entre ses serres, essayait d'empêcher la mère de Cassie de se servir de son fusil à fléchettes.

Schdoung !

< Cassie, ta mère nous tire dessus ! > me suis-je exclamée.

J'ai alors aperçu Ax, planté au beau milieu du trottoir, et je l'ai attrapé au passage avec ma trompe sans cesser de fendre bruyamment la foule qui grouillait tout autour de nous.

< Je pense que le mécanisme de défense de cet animal va nous aider dans notre fuite >, a dit Ax en levant la queue.

J'ai brandi le putois comme une arme.

< Vas-y, lui ai-je ordonné. Feu ! >

– Un putois ! Oh, non ! Poussez-vous !

La foule s'écartait devant moi. J'entendais les gens hurler, je les voyais se jeter frénétiquement sur le côté quand j'arrivais sur eux comme un bolide.

CCCCCRRRRRAAACCCCC !

< La maison est en train de s'effondrer ! > a hurlé Tobias.

< Ça ne m'étonne pas >, lui ai-je répondu en déboulant dans la rue.

J'ai repéré Jake, un peu plus loin, et je l'ai suivi.

< Où est-ce qu'on va ? >

< Je ne sais pas ! a-t-il crié. Je suis à moitié aveugle ! >

— Je vous suggère de vous diviser en deux groupes, est intervenue Lourdes. Devant, il y a un entrepôt de ferraille sur la gauche et un parking abandonné sur la droite.

< Je vais les voir >, a dit Tobias, en battant fort des ailes pour prendre de l'altitude.

< Euh, Rachel ? Tu vas devoir t'arrêter bientôt, m'a alors signalé Marco. Je ne vais pas si bien que ça et Lourdes est en train de glisser. >

< Et Cassie ? > ai-je demandé avec inquiétude.

J'ai cligné des yeux dans une vaine tentative d'y voir plus clair.

< Elle a les paupières qui papillotent. Je crois qu'elle reprend connaissance >, a répondu Marco d'une voix hachée.

Le hurlement des sirènes résonnait autour de nous.

Les policiers nous pourchassaient en faisant crisser leurs pneus sur la chaussée.

< Tourne à droite, Jake, je vais vous guider jusqu'au parking >, a lancé Tobias depuis le ciel.

– Tourne à gauche, Rachel, m'a indiqué Lourdes. Longe l'impasse jusqu'à la décharge. Vous pouvez me cacher là-bas en attendant que l'ordinateur du vaisseau pémalite soit réparé.

< Tu es au courant de ça ? me suis-je exclamée avec surprise, tout en trébuchant sur l'asphalte défoncé. Ah oui, c'est vrai, j'avais oublié : le Chey-net. >

< Rachel ? > a appelé Cassie d'une voix faible.

< Démorphose, Cassie ! > ai-je crié.

Avec l'énergie du désespoir, j'ai couru dans la rue déserte jusqu'à la porte de l'entrepôt, métallique et cadenassée.

J'ai placé Ax bien à l'abri entre mes deux pattes avant et, appuyant ma tête ensanglantée contre la porte, j'ai poussé jusqu'à ce que le cadenas saute.

Ma tête ne me faisait plus mal. Plus rien ne me faisait mal.

Je vacillais, à présent. Ça m'a étonnée quand mes pattes avant ont lâché, tout bonnement. Je suis tombée violemment, mais je ne sentais plus grand-chose lorsque mes défenses se sont plantées dans le sol.

La Chey, Marco et Cassie ont dû dégringoler de mon dos. Mais j'étais trop sonnée pour m'en rendre compte. Sonnée. La tête qui tournait, les yeux qui se voilaient.

Je ne comprenais plus rien. Je sombrais. Je sombrais dans un lit profond, profond, moelleux, et... il y avait quelqu'un qui n'arrêtait pas de hurler :

< Démorphose, Rachel ! Démorphose tout de suite ! >

CHAPITRE

12

Quand nous sommes enfin rentrés, nous étions un groupe d'Animorphs encore sous le choc. Ce qui aurait dû être une mission toute simple, une promenade de santé, avait tourné à la catastrophe.

La Chey nous était reconnaissante. Moi, j'étais reconnaissante au ciel que Tobias et Ax aient débarqué comme ils l'avaient fait.

Je n'étais vraiment pas de bonne humeur. J'étais sur les nerfs, fatiguée, en colère contre le monde entier. Peut-être que ça faisait une bataille de trop, c'est tout. Ou peut-être que je pensais déjà à ce qu'il nous restait à faire.

Plonger à cinq kilomètres de profondeur dans l'océan sombre et froid. Plonger plus profond que nous ne l'avions jamais fait.

Plus profond que ne peuvent plonger un dauphin ou un requin-marteau.

Nous mesurer à un ennemi contre lequel personne ne peut lutter : la pression, écrasante et meurtrière.

Ça m'inquiétait parce que je n'arrivais pas à imaginer un moyen de la combattre, et si nous ne parvenions pas à la vaincre, ce serait elle qui l'emporterait.

Elle nous écraserait.

Et tout ça dans l'urgence : le compte à rebours avait commencé.

Tic tac, tic tac...

Impossible d'aller dans la grange de Cassie. Nous ne pouvions pas courir le risque que ses parents la retienne pour faire quelque chose. Nous étions tous en train de nous préparer de sérieux ennuis avec nos parents, mais nous ne pouvions pas faire autrement. Plutôt risquer d'être privés de sortie une semaine que de perdre cette bataille.

Nous nous sommes réunis dans les bois, à côté de la prairie de Tobias.

< Tobias m'a informé de la situation, a dit Ax. Il

prétend que la pression de l'eau est mortelle, à la profondeur où nous devons plonger. >

– Elle l'est pour nous, Axos, a confirmé Marco. On s'écraserait comme un œuf sur la tête d'un étudiant bizuté.

< Bizuté ? Pourquoi bizuté ? > a-t-il demandé.

– Laisse tomber, a fait Marco, c'est une plaisanterie.

– Pas vraiment, ai-je rectifié.

< Ah, l'humour humain ! > a repris Ax en hochant la tête avec perplexité.

– Ce n'est pas toujours drôle, ai-je continué en regardant Marco.

Je le taquinais. Mais à dire vrai, la perspective de mourir écrasée n'avait rien de drôle. L'image me dérangeait. L'idée de sentir chaque centimètre carré de mon corps serré comme dans un étau, poussé vers l'intérieur, les organes qui sont écrabouillés…

– Je ne sais pas comment nous allons faire ! me suis-je exclamée. Aucune de nos animorphes n'est capable de plonger aussi profond et, sans animorphe, c'est une mission kamikaze.

< Kamikaze ? > a répété Ax.

– Ça veut dire suicidaire, lui ai-je répondu. La mort, pour toi et moi.

– Sauver ces Cheys n'est pas une mission suicide, a dit Jake en me lançant un regard noir. Tu dramatises, Rachel.

J'en suis restée stupéfaite.

M'inquiéter de quelque chose d'aussi sûrement meurtrier que la pression de l'eau, c'était dramatiser ? Vouloir rentrer entière à la maison plutôt que de mourir étouffée au fond de l'océan noir, c'était dramatiser ?

Depuis quand ?

Si c'était Cassie qui avait dit ça, Jake ne lui aurait pas reproché de dramatiser. Il aurait été d'accord. Il aurait pensé qu'elle faisait preuve de prudence et de bon sens.

N'avais-je pas le droit d'être prudente ?

« Non, bien sûr que non, ai-je songé avec amertume. Je suis censée être une machine à combattre intrépide, et les machines à combattre ne connaissent ni la peur ni la prudence. Et si jamais ça leur arrive, elles le gardent pour elles. »

– Bon, excuse-moi, je crois que je vais la fermer et obéir aux ordres.

– Écoute, Rachel, je suis désolé, a dit Jake avec lassitude. Tu as raison, mais c'est la façon dont tu l'as dit, d'accord ? Personne ne va mourir parce que, si nous ne trouvons pas la bonne animorphe, nous ne plongerons pas.

< N'existe-t-il aucune créature terrestre capable de plonger à cinq kilomètres de profondeur ? > a demandé Ax.

– Je ne crois pas, a répondu Cassie en fronçant les sourcils. Les seuls animaux des grands fonds qui s'en rapprochent un tant soit peu, ce sont les cachalots, et je crois que leur record est de trois kilomètres, trois kilomètres et demi.

< On pourrait détourner une cloche de plongée, a suggéré Tobias, qui ne semblait pas convaincu lui-même par son idée. Vous savez, ces petits sous-marins ? >

– Ouais, c'est ça, on pourrait raconter à tout le monde qu'on part à la recherche du *Titanic*, a continué Marco. On pourrait voir si Leonardo DiCaprio flotte encore dans le secteur. Mais qu'est-ce qu'on fait une fois qu'on aura plongé avec un sous-marin volé ? Il faudra encore qu'on pénètre dans le vaisseau pémalite.

— Ce n'était qu'une idée, suis-je intervenu en prenant la défense de Tobias.

Nous avions chacun au moins un souvenir qui nous donnait des cauchemars. J'en avais plus d'un, quant à moi. Parfois, ils se mélangeaient, revenaient par fragments, comme des éclats de verre qui reflètent sans cesse des images brisées.

Et chacun de nous avait des animorphes qu'il avait détestées.

Les pires moments que Tobias avait vécus avaient tous un rapport avec l'eau.

< Ça ne me dit rien qui vaille, a-t-il déclaré d'un ton lugubre. Je n'ai pas envie du tout du tout de jouer les capitaine Nemo. >

— Hé les gars ! s'est alors écriée Cassie. C'est ça l'idée ! *Voyage au fond des mers* ! Je crois qu'on tient la solution !

– **C**e n'était pas plutôt *Aventure au fond des mers* ? a demandé Marco.

– Non, c'était *Voyage*, a confirmé Jake.

– *Aventure*, ça sonne mieux, a insisté Marco.

Jake a soupiré.

– Écoutez le temps passe, d'accord ? Nous sommes pressés. A quoi tu penses, Cassie ?

– *Polpo*, a-t-elle répondu avec un grand sourire.

– Des escargots ? ai-je demandé en fronçant les sourcils.

< Je ne suis pas favorable à l'idée des escargots >, a dit Ax.

– Attends, ce n'est pas ce que... a repris Cassie en haussant le ton.

< J'ai eu la malchance d'en manger un par

erreur pendant que je me nourrissais, l'a interrompue Ax. Je ne l'ai pas vu à temps. J'ai marché dessus et je l'ai digéré. >

— Tu as mangé un escargot par ton sabot ? lui ai-je demandé.

Cette image a brièvement remplacé dans mon esprit celle où j'étais réduite à la taille d'une poupée Barbie au fond de l'océan.

< Oui, et la partie viande était correcte. Cependant, une fois le corps de l'escargot digéré, la coquille a été très difficile à... >

— Bon... ça va peut-être suffire sur le thème des escargots, là, hein ? est intervenu Jake.

— Ouais, surtout que *polpo* ne veut pas dire escargot, a fait remarquer Cassie. Escargot, c'est *chiocciola*. Je voulais parler de...

< J'ai une idée, a grogné Tobias. Si on laissait tomber l'italien ? >

— Calmar ! a soudain hurlé Cassie.

Dans les arbres autour de nous, les oiseaux se sont tus. Nous aussi. Jusqu'au moment où Tobias a dit :

< Hum. *Polpo*, ça veut dire poulpe. C'est-à-dire pieuvre. >

– Ouais, bon, c'est pareil ! s'est écriée Cassie. Un calmar. Nous pouvons morphoser en calmar géant ! Il paraît que ces animaux vivent dans les grandes profondeurs. En plus, ils ont des tentacules, alors ça nous permettrait peut-être d'entrer dans le vaisseau pémalite.

J'ai croisé le regard de Marco.

– Pourquoi ne l'a-t-elle pas dit plus tôt, on se le demande ?

– Ça nous aurait fait gagner un max de temps, a renchéri Marco, en jouant le jeu.

< Quel rapport tout ceci a-t-il avec votre capitaine Nemo ? > a demandé Ax.

Cassie a levé les bras au ciel.

– C'est un livre. *Aventure au...*

– Ha ! ha ! C'était bien *Aventure* !

– *Voyage au fond des mers*, je veux dire, a-t-elle repris d'un ton agacé. Le capitaine Nemo s'est fait attaquer par une pieuvre géante.

– Qui a gagné ? a demandé Marco.

– Une seconde, ai-je fait. Ce n'était ni *Voyage* ni *Aventure au fond des mers*. C'est *Vingt Mille Lieues sous les mers*. De Jules Verne.

Cassie m'a littéralement foudroyée du regard.

— Ouais, bon. *Voyage*, c'était une série télé. Ça passait sur la chaîne de science-fiction.

— Ah bon ? Je croyais que c'était sur Canal Jeunes, a dit Marco.

A ce moment-là, nous avons tous pouffé de rire.

— Quelqu'un devrait prévenir les Cheys qu'ils sont fichus, ai-je déclaré. Leur seul espoir est une bande d'ados débiles qui se réunissent dans les bois pour discuter des programmes télé.

— On est pressés, a signalé Jake, en se tapotant le poignet à l'emplacement de sa montre. Alors ? Le calmar géant ? Où est-ce qu'on peut en trouver un à acquérir ?

Cassie a secoué la tête en se renfrognant soudain.

— Je ne sais pas. En plus, je suis désolée, mais je suis pratiquement sûre qu'il n'y en a nulle part en captivité.

— Ça ne nous avance pas à grand-chose ton idée, alors, hein ? a fait Marco.

Cassie a haussé les épaules.

— Non. Et ce n'est pas comme si on pouvait se

changer en dauphin pour aller en chercher un. Le seul animal qui mange des calmars géants, c'est le cachalot.

Prenant un air plus décontractée que je ne l'étais en réalité, j'ai dit :

— On n'a qu'à acquérir un cachalot, ensuite on plonge et on va chercher un calmar géant.

Cassie a de nouveau secoué la tête.

— Pas de cachalot en captivité. Il n'y en a jamais eu.

— Il doit bien y avoir un moyen ! s'est exclamé Jake, mais le ton de sa voix exprimait le doute. Quelqu'un a-t-il une idée ?

Personne n'en avait.

— Vous rigolez ou quoi ? ai-je dit. On est battus, c'est ça ?

— Nous avons jusqu'à dix heures du soir, a répondu Jake. Ça nous laisse combien de temps ? Huit heures ? Pas le temps d'aller à la chasse au cachalot. Cassie ?

Cassie a écarté les mains avec impuissance.

— Le calmar, c'était ma seule idée. Le vaisseau pémalite est vraiment trop profond.

— Et il nous reste vraiment trop peu de temps, ai-je ajouté.

— L'autre possibilité, ce serait d'essayer d'entrer dans cette centrale nucléaire et de faire sortir le Chey, a dit Jake. Mais la chambre forte est trop solide pour nous. Et il y a un autre problème énorme : les gardiens sont des humains normaux, pour autant qu'on sache. Nous ne pouvons pas débouler comme ça et piétiner tout le monde.

— De toute façon, ça ne réglerait que le problème de ce Chey, a renchéri Marco. Et les autres ? On ne peut pas les laisser plantés là, raides comme des nains de jardin.

Mais nous avons eu beau chercher, nous n'avons pas trouvé de solution. Sans l'ombre d'un espoir, nous nous sommes séparés pour rentrer chacun chez soi.

C'était déprimant. Certes, nous avions déjà loupé des missions, par le passé, mais jamais encore nous n'avions échoué avant même de commencer.

Et maintenant, les Cheys étaient perdus et les Yirks allaient s'emparer d'une technologie qui dépassait même celle des Andalites.

La pression sous-marine de notre planète Terre nous avait battus.

Cassie a pris la direction de sa ferme. Jake et Marco sont partis annoncer la mauvaise nouvelle à Erek.

Ax et Tobias se sont enfoncés dans la forêt.

Je suis rentrée toute seule à la maison.

CHAPITRE
14

Tout paraissait normal dans mon quartier.

Des gosses jouaient dans la rue.

Des adultes balayaient devant leur maison.

Tout le monde parlait du gorille qui avait fait irruption au centre commercial.

— Et quand le camion de la télé est arrivé, le gorille était déjà parti, a raconté une femme.

— Quelqu'un a dit qu'il l'avait vu enlever un enfant, a ajouté sa voisine. J'ai peur de laisser les miens s'éloigner de la maison.

J'ai fait bien attention à garder un visage indifférent en passant devant elles, mais j'avais le cœur qui battait. Des journalistes de télévision étaient venus ? Avaient-ils découvert quelque chose ? Avaient-ils suivi notre trace ?

Jake et Marco allaient-ils tomber dans une embuscade chez Erek ?

Je me suis mise à trotter, puis à courir. J'ai traversé ma pelouse comme une flèche et je suis rentrée en claquant la porte derrière moi.

– Je suis là ! ai-je hurlé.

– Je commençais à me demander si tu n'avais pas été enlevée par ce soit-disant gorille qui hante le centre commercial, a lancé ma mère. Et maintenant, aux infos, ils parlent d'un éléphant qui aurait détruit une maison abandonnée.

– Ah ouais ? Des éléphants casseurs ? ai-je fait en rentrant dans la cuisine.

Ma mère avait étalé des documents juridiques sur la moitié de la table. Sur l'autre moitié, le couvert était mis pour le dîner.

J'ai attrapé le téléphone et composé le numéro de Jake. J'ai laissé sonner treize fois. Raccroché.

J'ai appelé Marco. Je suis tombée sur son répondeur et j'ai raccroché.

Et maintenant ?

– Tu as entendu parler du gorille qui est entré dans une maison abandonnée à cheval sur un éléphant ? m'a demandé ma sœur Kate, tout en allumant la télévision.

– Éteins la télé ! s'est écriée Sara, ma petite sœur, d'un ton grincheux. Tu sais qu'on regarde pas la télé à table !

– Mais ils vont montrer le gorille aux infos ! Maman !

Sara s'est postée en travers du poste pour empêcher Kate d'y toucher.

– Sara, ce n'est pas très grave si, pour une fois, la télé est allumée, a dit ma mère d'un air absent, en fouillant dans ses papiers. C'est le dernier week-end que j'ai pour préparer ce procès, et j'aimerais bien que vous y mettiez un peu du vôtre.

– Ouais, a fait Kate, en adressant une grimace triomphante à Sara.

– T'es hideuse quand tu fais ça ! a dit cette dernière.

– Regardez, voilà ! les ai-je interrompues en montrant du doigt l'écran de la télé où l'on voyait l'entrée familière du centre commercial.

– Nouvelles locales : un gorille en quête de publicité a causé un vif émoi dans un centre commercial, aujourd'hui, a annoncé le présentateur. Certains prétendent que le grand singe était un acteur qui faisait la promotion d'un film à sortir prochainement. D'autres témoins, en revanche, affirment que c'était un véritable gorille.

La caméra est passée au vendeur de chez Spencer's.

J'ai retenu mon souffle.

– Bien sûr que je l'ai vu, a-t-il dit en haussant les épaules. C'était juste un type déguisé en gorille. Pas de quoi s'affoler. Mais il m'a fait tomber une lampe-coulée de lave sur la tête.

– Et ces rumeurs selon lesquelles il aurait enlevé un enfant ? a demandé le journaliste avec gravité.

Le jeune a ri.

– Écoutez, on voit de tout dans ce magasin, même des gens qui croient aux extraterrestres kidnappeurs. On a beaucoup d'étudiants et d'élèves de classes préparatoires, aussi.

– Alors vous pensez que c'était une blague pour un bizutage ?

– Probablement, a acquiescé le garçon.

La caméra est repassée au studio.

— Pour ajouter au mystère, toutes les caméras de surveillance étaient en panne au moment où le gorille se trouvait dans le centre commercial, de sorte que la police ne dispose d'aucun enregistrement vidéo. Cependant, aucune disparition d'enfant n'a été signalée. Par ailleurs, la police nie être tombée sur une véritable ménagerie d'animaux sauvages lors d'une descente menée contre un entrepôt de recel, contrairement à certaines rumeurs.

— J'en ai marre, je ne suis jamais là où il se passe des trucs intéressants, a gémi Kate en se laissant lourdement tomber sur sa chaise. Miam ! Des frites.

Mon ventre a gargouillé et je me suis mise à manger. J'ai attrapé un volume de notre encyclopédie, qui datait de dix ans, et j'ai commencé de lire tout en mangeant. J'avais pris celui commençant par « Ca ».

Donc il n'y avait pas de bande vidéo. Très bien. Pas de problème.

Attendez. Nous étions rentrés en autobus. Et le chauffeur du bus ?

Si les Yirks le capturaient, ils n'auraient aucun mal à lire ses souvenirs, et ils découvriraient exactement qui nous sommes et à quel arrêt nous étions descendus.

J'ai refermé l'encyclopédie. Et j'ai failli manquer le reportage suivant.

– La ville toute entière s'efforce de sauver une baleine longue de dix-huit mètres qui s'est échouée sur le littoral il y a moins de quinze minutes, a gazouillé la présentatrice. C'est la première fois dans l'histoire de cette ville qu'un mammifère marin s'échoue sur le rivage. En direct sur les lieux avec notre envoyé spécial.

La frite s'est coincée en travers de ma gorge. J'ai dégluti avec effort.

Le journaliste était sur la plage.

Derrière lui se dessinait la baleine, comme un immense mur tout plissé.

Je n'ai pas entendu grand-chose de ce que racontait le journaliste.

Il parlait de volontaires, de la survie de la baleine.

– De quel type de baleine s'agit-il ? ai-je demandé d'une voix étranglée.

– Hein ?

Ma mère a levé le nez de ses papiers.

97

– Oh, ils ont juste dit que c'était un cachalot.

A ce moment-là, la caméra a zoomé et nous nous sommes brusquement trouvés face à face, le cachalot et moi.

Ses yeux graves et sombres ont plongé droit dans les miens.

J'ai reculé ma chaise.

Ce n'était pas une coïncidence.

Quelqu'un ou quelque chose voulait à tout prix que nous allions là-bas. Quitte à sacrifier un cachalot pour ça.

– Tu ne finis pas ton dîner ? m'a demandé ma mère en me voyant attraper le téléphone.

– Je n'ai pas faim.

J'ai composé en toute hâte le numéro de Cassie.

– Salut, ai-je dit quand elle a répondu. Qu'est-ce que tu fais ?

– Je viens de rentrer de la grange, pourquoi ?

J'ai choisi mes mots avec soin. Nous nous méfions toujours du téléphone.

– Eh ben, je regardais les infos ; ils ont raconté qu'un gorille a fichu la panique au centre commercial, et ils parlaient aussi d'un cachalot échoué sur la plage. Plutôt bizarre, hein ? Comment ça se fait, à ton avis, qu'on ne soit jamais là où il se passe des trucs intéressants ?

– Un cachalot... a-t-elle répété lentement. Hum, hum... Ouais, ben c'est triste, mais on ne peut pas y faire grand-chose. On a déjà un truc à faire ce soir, tu te rappelles ?

– Oh, que oui ! ai-je répondu, en ajoutant, au cas où quelqu'un écouterait : ce soir, tu vas apprendre à faire la roue, que tu le veuilles ou non.

Elle a ri.

– Pas de problème ! A plus, alors.

J'ai raccroché, puis j'ai annoncé que j'allais chez Cassie.

C'est à peine si ma mère a levé le nez de son travail. Parfois c'est bien d'avoir une mère occupée.

Je suis sortie dans l'air du soir, en proie à une vive agitation. Quelqu'un jouait avec nous. Quelqu'un nous traitait comme des marionnettes. Essayait de nous manipuler.

J'étais furieuse. Mais c'était une colère froide. Une colère froide et calme.

On verrait bien qui aurait le dernier mot.

CHAPITRE
15

J'ai fait le tour de la maison, par l'arrière, et je me suis faufilée entre la clôture et la haie. J'ai retiré mes baskets, ma veste et mon jean. Je me suis concentrée sur mon animorphe d'aigle.

Aussitôt, j'ai senti la transformation s'amorcer.

Je tombais, comme un ascenseur précipité dans le vide. Mes os craquaient, se creusaient et se remodelaient.

Zzzzziiiippp !

Des ailes sont sorties de mon dos.

Mon visage se déformait et pointait vers l'avant. Mon menton a disparu, mon nez s'est étiré et s'est durci pour devenir un bec féroce et meurtrier.

Des plumes ont tracé comme un tatouage sur ma peau, puis elles se sont décollées en plusieurs couches d'un brun moucheté. Ma vision s'est aiguisée.

Le cerveau de l'aigle me commandait de partir à la chasse. Je voulais manger.

« Ressaisis-toi, Rachel. Pense à ce que tu dois faire. »

Et soudain, j'ai eu l'esprit clair.

J'ai déployé mes ailes et j'ai pris mon envol.

Il fallait d'abord que je me rende chez Erek pour m'assurer que Jake et Marco n'étaient pas tombés dans un piège. Ce n'était pas parce qu'ils n'avaient pas parlé de notre chauffeur de bus aux infos que les Yirks n'avaient pas pu le retrouver et l'interroger.

Ha ! Ha ! Tout en bas, j'ai aperçu Jake et Marco qui sortaient de chez Erek et qui refermaient la porte derrière eux.

< Hé, les gars ! C'est moi ! les ai-je appelés en bougeant une aile quand ils ont levé la tête. Écoutez, un cachalot vivant s'est échoué sur la plage. Il faut que nous acquérions son ADN. Rendez-vous chez Cassie le plus vite possible. >

Je savais qu'ils ne pouvaient pas me répondre en parole mentale, aussi me suis-je laissée flotter quelques minutes au-dessus d'eux, dans l'attente d'un signe.

Ils m'en ont fait un, puis Jake a tourné dans une rue et Marco dans une autre.

< OK, Jake, il faut que tu repasses chez toi d'abord ? > lui ai-je demandé.

Il a hoché la tête avant d'accélérer son allure. Il s'est mis à courir. Marco morphosait derrière une petite cabane.

J'ai volé de toute la force de mes ailes jusqu'à la prairie de Tobias. Il m'a vue arriver et m'a écoutée lui parler du cachalot.

< Je vais chercher Ax, a-t-il dit. Tu sais, Rachel, c'est un peu gros. Nous avons besoin d'un cachalot et pof, il y en a un qui nous arrive sur un plateau ? J'y crois pas. >

J'ai obliqué et je suis repartie vers la grange. Cassie avait déjà morphosé en balbuzard et m'attendait, perchée dans un cerisier sauvage.

Marco s'est posé sur une branche voisine, lui aussi en balbuzard.

< Vous croyez vraiment aux coïncidences ? > a-t-il demandé.

< Quelqu'un veut que nous accédions à ce vaisseau pémalite >, ai-je admis.

< Ou que nous mourions en essayant d'y accéder >, a-t-il ajouté d'un ton lugubre.

Un faucon à queue rousse et un busard cendré se sont approchés.

< Où est prince Jake ? > a demandé Ax.

< Il devait passer chez lui d'abord, ai-je expliqué. Ses parents l'attendaient. Il faut qu'il trouve une excuse pour sortir. >

Jake est arrivé vingt minutes plus tard.

< Vous allez tous apprécier cette petite info de dernière minute : le Partage envoie des volontaires pour aider à sauver le cachalot. Vous savez, avec les équipes télé qui seront présentes. C'est une excellente occasion pour eux de jouer les gentils écolos, et tout ça. >

La plage grouillerait donc de Contrôleurs.

< Ce n'est pas forcément pour ça, a dit Cassie. Ils croient peut-être qu'il s'agit de l'un de nous. >

< Nous sommes manipulés, a repris Jake. Mais pas par les Yirks. Même eux seraient incapables de faire échouer un cachalot où et quand ça les

arrange. Ils pourraient en tuer un, mais le convaincre de s'échouer sur la plage ? C'est pas leur style. >

< Alors qui ? Qui se donne la peine d'accéder au vaisseau pémalite, de détraquer l'ordinateur des Cheys et puis de nous fournir le moyen de descendre sous la mer ? a demandé Tobias en réfléchissant tout haut. Ce ne sont pas les Yirks. Pas l'Ellimiste non plus, ce n'est pas son style. Alors qui ? >

< Ou quoi ? > a repris Marco.

< Venez, on y va, a dit Jake. Mais gardez tous l'œil ouvert. Cette affaire est louche. >

< Il se peut que nous n'ayons pas beaucoup de temps devant nous, a ajouté Cassie. Les baleines échouées n'arrivent pas à porter leur poids sur terre. Elles finissent par mourir écrasées par leur propre masse. Ce cachalot est certainement en train d'étouffer lentement. >

Un frisson de peur m'a parcourue. Étouffer. Le cachalot était en train d'étouffer. Un cachalot, échoué sur le rivage pour que nous puissions l'acquérir. Un pion dans le jeu de quelqu'un. Un pion qu'on pouvait sacrifier. Je ferai tout pour empêcher cela.

< Allons-y >, ai-je dit.

CHAPITRE
16

En ligne droite, à vol d'oiseau, ce n'était pas loin. Mais nous ne pouvions pas voler ainsi. Nous aurions formé un escadron de rapaces en plein ciel : pas très discret...

Nous sommes donc restés très éloignés les uns des autres, à des altitudes différentes, sans jamais avoir l'air d'aller dans la même direction.

Nous avons mis un certain temps à atteindre la plage. Plus personne ne se faisait bronzer. Le soleil était faible et descendait à l'horizon. Qui plus est, le peu de gens qui se trouvaient encore à la plage s'étaient rassemblés pour contempler le spectacle, bouche bée.

Le cachalot gisait en dessous de nous, étonnant, tellement peu à sa place sur le sable. Et tellement immense. Les humains qui s'attroupaient autour de lui avaient l'air de fourmis s'activant autour d'un animal écrasé par une voiture.

Le cachalot paraissait mort. Je savais qu'il ne l'était pas. L'être ou la force qui dirigeait ce petit jeu ne l'aurait pas permis.

< Erek ne nous a pas crus quand nous lui avons expliqué que nous n'arrivions pas à trouver un moyen d'accéder à son vaisseau, a dit Jake. Il a déclaré : « Vous y arriverez. Nous avons foi en vous. » >

< Waouh ! Moi qui croyais les Cheys tellement intelligents, a rétorqué Marco. Enfin, quoi, Erek a passé pas mal de temps avec nous. Ça aurait dû lui ôter de la tête l'idée de nous faire confiance, quand même ! >

Nous avons tous ri. Parmi les aventures qu'il avait vécues avec nous, Erek s'était retrouvé sur la planète des Iskoorts pour une terrible confrontation avec une créature meurtrière, maléfique, aux pouvoirs infinis : le monstre connu sous le nom de Crayak*.

< Je trouve ça stimulant >, a estimé Cassie.

* voir *Le Duel* (Animorphs n°26)

< Alors tu vas adorer ce qu'Erek nous a dit d'autre, lui a annoncé Marco. Vu que les Pémalites considéraient tout le monde comme des amis, leur vaisseau est conçu pour s'adapter aux différentes formes de vie. Tu touches un des panneaux d'interface qui tapissent l'intérieur du vaisseau, ta forme de vie est analysée et le vaisseau te fournit l'environnement adapté. >

< Comment fait-on pour rentrer et relancer l'ordinateur ? > ai-je demandé, tout en mettant le cap sur une dune de sable déserte, bien à l'écart de la foule rassemblée autour du cachalot.

< M. King nous a donné un code d'accès à l'ordinateur central, a annoncé Jake avec une pointe d'ironie dans la voix. Apprenez-le tous bien par cœur : six. >

< Six ? >

< Six >, a-t-il confirmé.

J'ai soupiré.

< Vous savez, je suis sûre que les Pémalites étaient des gens formidables, tout ça, mais quand même, choisir un code de sécurité à un seul chiffre ! Enfin, je veux dire… quelle bande d'idiots. >

< Ils avaient confiance >, a dit Cassie simplement.

< Ils sont morts >, ai-je répondu, tout aussi simplement.

Nous nous sommes posés derrière la dune, dans une zone couverte de grandes herbes sèches. Tobias est resté en vol, montant toujours la garde.

C'était un peu délicat. Si jamais quelqu'un passait la crête de cette dune et nous apercevait, il courrait en hurlant jusqu'à la ville voisine.

Nous étions des mutants. Une collection de boules de plumes et de chair, de doigts et d'ailes, qui gonflaient et s'étiraient de manière bizarre. Des petites personnes trapues, avec des becs et des serres, des jambes et des cheveux.

Une fois redevenue entièrement humaine, la première chose que j'ai remarquée a été l'odeur. L'odeur fraîche du sable et du sel. Les oiseaux de proie ont une ouïe et une vue bien supérieures à celles des humains. En revanche, le goût et l'odorat, c'est pas génial.

– Il vous est tous venu à l'esprit que ceci est sans doute un vaste piège, n'est-ce pas ? ai-je demandé.

– Quoi ? a fait Marco d'un ton railleur. Tu soup-
çonnes une traîtrise quelque part ? Ça alors, comment n'y avais-je pas pensé plus tôt ?

Je l'ai ignoré et j'ai dit :

– Bon, écoutez, ce n'est pas la peine de mettre
en danger plus de gens qu'il n'en faut, sur ce coup.

Jake m'a souri.

– Tu te portes volontaire ?

J'ai haussé les épaules.

– Rachel a raison, est intervenu Marco. Si nous y
allons tous ensemble, nous nous mettons en danger. Nous avons besoin que combien d'entre nous
morphosent en cachalot ?

– Au moins deux, a répondu Jake en hochant la
tête. Je n'enverrai personne chasser le calmar sans
renfort. Mais vous avez raison tous les deux : moins
nous nous exposerons, mieux ça vaudra. Nous
allons donc choisir deux d'entre nous pour acquérir
le cachalot. En dehors d'Ax, qui ne peut pas parce
qu'il lui faudrait être dans son propre corps pour le
faire.

– Et ça pourrait semer une légère panique sur la
plage, ai-je dit.

– Deux d'entre nous morphoseront en cachalot et iront chercher un calmar, a continué Jake. Les autres se serviront de l'animorphe de dauphin et resteront au-dessus, en renfort...

– Qui fait le cachalot ? l'ai-je interrompu. Moi je veux bien !

Cassie a roulé des yeux.

– Rachel, tu me fais penser à la première de la classe, tu sais, la bonne élève qui s'assied au premier rang et qui lève tout le temps le doigt : « Je sais ! Je sais ! » Sauf que toi, c'est : « J'y vais ! J'y vais ! »

La comparaison m'a fait rire.

< Je crois qu'on va tirer à la courte paille >, a décidé Jake.

Il s'est penché, a arraché quelques brins d'herbe et s'est mis à les casser à différentes longueurs.

< Ah. Les méthodes scientifiques des humains >, a dit Ax.

Comme d'habitude avec lui, il était difficile de savoir s'il plaisantait ou non.

Jake a mis les mains dans son dos, puis nous a présenté les pailles serrées dans son poing.

– Choisissez. Les pailles les plus courtes font le cachalot.

Une partie de moi n'avait pas envie d'y aller. Je trouvais le monde à plusieurs kilomètres sous l'eau assez inquiétant. Mais une autre partie de moi, beaucoup plus décidée, voulait y aller, et précisément pour cette raison-là : parce que ça me faisait peur.

Tobias s'est posé sur une clôture en bois.

< Je suis partant >, a-t-il déclaré.

J'ai croisé son regard féroce. Je l'ai regardé droit dans les yeux, avec la même intensité.

< Non >, m'a-t-il dit en n'adressant qu'à moi sa parole mentale.

J'ai pincé les lèvres et plissé les yeux. Je ne pouvais pas lui parler mentalement, mais Tobias comprendrait le message.

< Rachel, non, a-t-il répété. Je ne t'aiderai pas à aller te faire tuer. >

Marco a tiré une paille : longue.

Au tour de Cassie : une longue, elle aussi.

J'ai fusillé Tobias du regard.

< D'accord, très bien, a-t-il rétorqué d'un ton sec,

cédant avec colère. La deuxième en partant de ta gauche. >

J'ai tiré la deuxième paille en partant de ma gauche.

– Courte, ai-je annoncé en la brandissant.

< A moi >, a dit Tobias.

Jake s'est approché et lui a tendu son poing serré. Tobias a attrapé une paille avec son bec.

< Courte >, a-t-il dit en me regardant bien en face.

– Rachel et Tobias, a déclaré Jake en laissant tomber la dernière paille.

Ses yeux sont allés de Tobias à moi, chargés de soupçons.

J'ai fusillé Tobias du regard. Il détestait l'eau ! Il ne pouvait jamais faire taire complètement ses instincts de faucon, des instincts qui lui disaient que l'eau était tout sauf son élément. L'eau lui faisait peur. Mais il avait triché pour choisir la paille la plus courte.

C'était ma faute. J'avais tout fait pour y aller. Et Tobias ne voulait pas me laisser descendre au fond de l'océan sans être là pour me protéger.

Plus tard, je serais touchée par cette marque de loyauté. Mais pour le moment, j'étais furieuse : Tobias risquait sa vie parce que j'avais été suffisamment idiote pour tricher.

Je me sentais coupable. Je déteste ce sentiment.

Jake a poussé un profond soupir.

— Bien. Rachel ? Cassie et toi, vous descendez sauver le cachalot. La présence de Cassie va sembler normale. Tout le monde sait qu'elle...

— ... est « 3615 J'aime les bêtes », l'a interrompu Marco.

— Et tout le monde sait que Rachel est la meilleure amie de Cassie. Donc ça colle. Tobias ? Un simple aller-retour, mon pote. Tu choisis ton moment, tu piques, tu poses les serres et tu repars. Nous autres, nous allons rester ici en renfort. Ax ? Morphose en mouette et assure la surveillance aérienne.

Cassie et moi avons commencé à descendre la dune. Jake m'a attrapée par le bras pour me tirer à l'écart.

— Ne recommence jamais ça, m'a-t-il dit,

beaucoup plus en colère que je ne l'aurais cru. C'est ta faute si Tobias y va. Repenses-y la prochaine fois que tu décideras de te payer notre tête.

Il m'a lâchée et je me suis éloignée, un peu secouée. Jake ne se fâche pas souvent. Quand cela lui arrive, on ne l'oublie pas de si vite.

– Tu viens, Rachel ? m'a lancé Cassie, déjà parvenue au pied de la dune.

Oh, oui.

Je n'allais pas laisser la fête commencer sans moi.

Ax s'est mêlé aux mouettes qui tournoyaient au-dessus de l'attroupement en poussant des cris stridents.

< Tenez-vous à l'écart du groupe qui porte les seaux, nous a indiqué Tobias. Chapman est parmi eux, et Tom aussi. >

– Ils doivent s'attendre à ce qu'il se passe quelque chose, a dit Cassie.

– Eh bien, ils ont raison, ai-je répondu.

– Oh, regarde, a-t-elle murmuré en s'immobilisant.

Je l'ai rejointe et j'ai suivi son regard accablé.

Et ça m'a fait un coup au cœur.

Le cachalot était comme un gratte-ciel tombé sur le côté. Comme un immense camion, vous savez, ces grands semi-remorques à dix-huit roues. Comme un train avec tout un chapelet de wagons.

Une chose vivante, gigantesque, tragique, qui n'avait rien à faire ici.

Sa place n'était pas sur la terre ferme. Elle était là, pourtant, réduite à l'impuissance. Suffoquant lentement sous sa propre masse.

— Oh, non, ai-je soupiré en la voyant remuer faiblement une nageoire.

Toute cette puissance, et elle ne pouvait pas sauver sa propre vie.

J'ai serré les poings. Planté les ongles dans la paume de mes mains.

— Je vais faire souffrir celui qui a voulu ça, quel qu'il soit, ai-je murmuré.

— Je t'aiderai, a dit Cassie.

Je me suis forcée à examiner attentivement le cachalot. A l'étudier. A l'apprendre. Sa tête était un énorme rectangle qui faisait presque la moitié de toute sa longueur. Elle se terminait par un museau carré, avec une mâchoire étroite et très basse qui était maintenant plantée dans le sable mouillé. Il avait de petits yeux sombres et luisants.

Je me suis frayée un chemin entre les bénévoles armés de seaux, au bord de l'eau, et quelqu'un m'en a fourré un entre les mains.

Je l'ai versé sur le flanc ridé du cachalot.

Un autre seau, une autre dérisoire gerbe d'eau.

L'animal avait toujours la queue dans l'océan et, toutes les deux ou trois minutes, il soulevait des vagues mêlées de sable.

Un type, un biologiste spécialiste des baleines, a crié :

– Arrêtez !

La chaîne s'est suspendue pendant que l'homme s'avançait pour prélever du sang avec une grosse seringue.

J'ai jeté un rapide coup d'œil aux gens qui m'entouraient. J'ai aperçu Cassie, un peu plus loin dans la chaîne. Elle a hoché la tête imperceptiblement.

J'ai appuyé la main contre le rempart de chair grise. Mouillée. Tiède. Couverte de grains de sable ramassés.

J'ai senti le calme envahir le cachalot. J'ai absorbé son ADN et, ce faisant, je me suis sentie présomptueuse, toute petite et idiote.

Le biologiste a terminé son prélèvement et nous nous sommes remis au travail. Seau après seau. Quelques dizaines d'humains faisant tout leur possible pour sauver une baleine. Sans espoir, mais avec persévérance.

De temps en temps, il y a des moments où je suis fière de mon espèce.

Une parole mentale m'a fait sursauter. C'était Ax :

< Prince Jake et Marco doivent changer de cachette. Des humains se sont arrêtés à côté de nous. >

J'ai balayé la plage du regard et repéré Jake et Marco qui couraient sur la plage. Jouant le rôle d'ados insouciants. Ils sont retournés vers les dunes.

Et Tobias ? Avait-il déjà acquis le cachalot ? C'était pour lui que l'opération était la plus risquée, car il devait le faire dans son corps de faucon à queue rousse. Or les faucons ne fréquentent pas à proprement parler le bord de mer.

Pour obtenir les réponses à mes questions, j'ai suivi les empreintes de Jake et de Marco jusqu'à un petit creux entre les dunes, où trois mouettes identiques m'attendaient.

< Tu n'as pas vu Tobias ? > m'a demandé Marco en inclinant la tête.

– Non, ai-je répondu, avant de me concentrer sur ma propre animorphe de mouette.

< Et Cassie ? a demandé Jake. Elle arrive ? >

– Tu la connais. Tu vas devoir aller lui dire d'arrêter d'aider les sauveteurs.

Des plumes me sont sorties de la peau. Mon nez a fondu, un bec est apparu. Je tombais vers le sol en rapetissant, et les herbes des dunes, qui m'arrivent normalement à la taille, me surplombaient comme de grands arbres. J'ai déployé mes bras/ailes pour garder mon équilibre.

Oooh ! Quel sympathique paquet de chips... je ne l'avais pas remarqué avant. Et il en restait au moins deux ! Il me suffisait de quelques sauts, et...

< Rachel. On se concentre >, a dit Marco.

Ah oui, ce n'était pas l'heure du déjeuner. Bien sûr, pour le cerveau de la mouette, c'était toujours l'heure de croquer un bon détritus.

< Prince Jake, il y a un problème, a lancé Ax depuis le ciel. Tobias s'est fait repérer et les Contrôleurs ont des soupçons. >

< On arrive ! > s'est écrié Jake en déployant ses ailes.

Nous avons rapidement franchi la crête de la dune en le suivant.

Tobias était perché sur le dos du cachalot. Chapman était posté en contrebas, et il le regardait fixement en pointant le doigt vers lui.

< Tobias ! Qu'est-ce que tu fabriques ? > ai-je demandé.

< Je suis coincé ! Je me suis pris la serre dans un coquillage ! >

< Diversion ! a lancé Jake d'un ton autoritaire. Maintenant ! >

< Faites semblant de chasser le faucon de notre territoire, a suggéré Cassie. Essayez de percuter Tobias, ça pourrait le décrocher. >

< Super >, a grommelé ce dernier.

Nous avons battu vivement des ailes, sans nous soucier de ne pas voler ensemble. Nous étions des mouettes. C'était normal que nous soyons groupées. De plus, nous n'étions pas les seules mouettes à tournoyer au-dessus du cachalot.

< Allons semer la pagaille >, ai-je dit.

J'ai pris de l'altitude, dix ou douze mètres, et j'ai piqué. J'ai arraché un sandwich de la bouche d'un badaud, carrément.

Nous volions dans tous les sens en poussant des cris stridents, nous chapardions de la nourriture, nous bousculions les gens en déboulant brusquement par le côté, et nous recourions à l'arme la plus redoutable des mouettes : la fiente, lâchée avec la précision d'un missile air-sol.

< Chapman est à moi, a dit Marco. En joue... feu ! >

Plaff !

Chapman ne regardait pas en l'air. Dommage.

Je me suis éloignée de la mêlée pour me rapprocher de Tobias.

< C'est quelle serre ? > lui ai-je demandé.

< Oh, je te jure, a-t-il gémi. La gauche. >

Je l'ai percuté de plein fouet, en ralentissant à peine. Je l'ai touché de manière à faire bouger sa patte coincée.

Boung !

La serre s'est dégagée d'un coup. Tobias a battu des ailes, voletant au ras du dos du cachalot.

Voutt !

Une pierre a fusé, lancée d'une main adroite. Elle a manqué Tobias d'un cheveu. J'ai vu Tom se baisser pour ramasser un autre galet dans les remous du bord de l'eau. J'ai vu la haine peinte sur son visage.

CHAPITRE
18

< **V**raiment, c'est triste, a dit Tobias. Des Contrô-
leurs réduits à lancer des pierres. Vous savez, il faudrait que deux d'entre vous me harcèlent. Me chas-
sent d'ici, vous voyez. >

C'est ce que nous avons fait.

Chapman et Tom se sont-ils laissé tromper par
cette comédie ? Sans doute pas. Tous deux avaient
trop souvent croisé un faucon à queue rousse dans
des situations critiques comme celles-ci. Ils
savaient. Mais que pouvaient-ils faire ?

Nous avons longé la plage et sommes sortis du
champ de vision des sauveteurs du cachalot, puis
nous avons obliqué vers la mer. Tobias a pris de l'altitude, en battant fort des ailes, car il n'y avait pas
le moindre courant ascendant pour l'aider. Une fois

assez haut dans le ciel, il a commencé à morphoser en mouette à son tour. Il l'a fait dans les airs.

Nous avons rasé les vagues grises et clapotantes jusqu'au moment où nous avons eu la certitude qu'on ne pouvait plus nous voir depuis la plage. La lumière baissait. Le soleil se couchait.

L'océan est toujours intimidant. Mais lorsque le soleil décline et que l'obscurité déferle sur les vagues, vous ne pouvez pas vous empêcher de vous sentir impressionné, désarmé, et un peu effrayé.

Des millions et des millions de kilomètres cubes d'eau. Jusqu'à trente kilomètres de fond, par endroits. L'océan est présent sur toute la planète, il touche tous les continents, presque tous les pays. Il abrite des dizaines de millions d'espèces, qui vont du microscopique à l'immense.

Vous vous sentez tout petit à côté d'une baleine. Minuscule. Puis vous vous rendez compte qu'une baleine est insignifiante dans l'océan.

Ensuite vous voilà en train de survoler la lisière de cet océan, en train de survoler un mystère que le chétif Homo sapiens ne pourra jamais totalement percer.

Vous sentez à quel point vous êtes petit, faible et vulnérable, et c'est comme une chape de plomb qui pèse sur votre poitrine.

L'océan n'est pas un ennemi, pourtant. Il est indifférent, c'est tout. Il vous nourrit, il fabrique l'oxygène que vous respirez, mais si vous faites preuve d'imprudence, il vous tue. Tout cela sans le moindre intérêt personnel.

Vous ne pouvez rien dire à l'océan. Impossible d'implorer sa pitié. De conclure un marché. Si nous étions faibles, imprudents ou stupides, il nous étoufferait, nous écraserait, nous ensevelirait pour toujours sous des kilomètres d'eau noire, noire, noire.

< Rachel ? >

< Quoi ? > ai-je fait, brusquement tirée de mes sombres pensées.

< J'allais juste te demander comment tu vas >, a repris Tobias.

Après un instant de silence, il a ajouté :

< Plutôt impressionnant, hein ? >

< Ouais, c'est impressionnant. >

Trop impressionnant même pour mon esprit téméraire. Dire que j'allais plonger au cœur de ses profondeurs. Dingue que j'étais, j'avais triché pour être la première à me mesurer à l'océan. Et maintenant, j'entraînais le pauvre Tobias avec moi.

Et j'étais censée tenir particulièrement à lui.

Au bout d'une bonne heure de vol, Jake s'est posé à la surface de la mer houleuse. Nous avions suivi les indications approximatives des Cheys.

Je me suis posée, moi aussi. Chose assez facile pour le cerveau de la mouette, qui n'avait pas d'inquiétude particulière.

L'eau de l'océan était glaciale, mais j'étais protégée du froid humide par mes plumes ébouriffées et couvertes d'une pellicule graisseuse.

C'était un lieu dangereux pour un humain. Encore plus dangereux pour un faucon.

Tobias s'est posé à côté de moi, ballotté par les flots agités comme un bouchon gris et blanc.

< Bien. Nous allons démorphoser et remorphoser l'un après l'autre, a dit Jake. Cassie la première. Tobias en dernier. >

En l'espace de quelques minutes, Cassie a morphosé de mouette en humain, puis en dauphin svelte et joueur. Ce qui m'a réconfortée : avoir à ses côtés

un dauphin prêt à vous aider, ça vaut bien deux dou-
zaines de sauveteurs.

< Allez, Jake ! s'est-elle exclamée, enivrée par
l'esprit du dauphin. L'eau est superbonne ! >

Elle a plongé en soulevant une gerbe d'eau,
rejailli au-dessus des vagues, puis a fait un saut
périlleux en l'air avant de replonger dans l'océan,
sans faire la moindre éclaboussure cette fois-ci.

Un par un, nous avons morphosé. Le passage
par notre corps humain n'était pas marrant. Les
mouettes flottent sur les vagues. Les humains, eux,
ont tendance à avaler de l'eau de mer et à penser à
des requins surgissant des profondeurs.

Je ne crois pas qu'Ax ait apprécié davantage la
transition par son corps. Il sait nager, mais c'est
quelque chose de bizarre à voir.

Tobias s'est posé sur le dos de Cassie ; il a
démorphosé puis il a attendu que je le rejoigne, les
serres fermement plantées dans la peau grise et
caoutchouteuse de Cassie.

< C'est l'heure du cachalot >, m'a dit Tobias.

– Ouais, ai-je crié, tout en nageant sur place et en
crachotant de l'eau de mer. Allons-y !

< J'avais le pressentiment qu'elle dirait ça >, m'a taquinée Marco.

« Bon. C'est parti », ai-je songé. Entourée de Marco et de Cassie qui nageaient à mes côtés, j'ai visualisé le cachalot mentalement.

L'eau de mer m'arrivait en pleine figure. Je buvais la tasse. Recrachais. Hoquetais.

Mes os ont commencé à s'étirer, à grossir et à s'alourdir.

J'ai ressenti une grande fatigue, et les yeux me piquaient. J'ai jeté un coup d'œil à Tobias.

Son corps de faucon à queue rousse commençait déjà à se transformer. Il s'est laissé glisser dans l'eau.

J'ai fermé les yeux et je me suis concentrée sur l'image du cachalot.

Alors la métamorphose s'est accélérée.

CHAPITRE
19

De plus en plus grosse. Énorme. Gigantesque.

J'augmentais de volume en m'étirant dans tous les sens à la fois.

J'étais énorme ! Seulement je n'étais pas une baleine. Ai-je déjà dit que les animorphes sont bizarres ? Que les choses ne se passent pas selon un processus harmonieux, rationnel ? Eh bien, cette animorphe-ci était carrément ridicule.

Je grossissais, grossissais, grossissais ! Ma peau avait viré au gris plomb et avait durci. J'avais un évent sur la nuque. Ma tête était monstrueuse et disproportionnée.

Mais pour tout le reste, j'étais encore Rachel. J'avais une tête énorme. Et un bon demi-hectare de cheveux blonds qui flottaient autour de moi.

< Oh, non ! a gémi Marco. Je n'avais vraiment pas besoin de voir ça ! Rachel, tu as les pores de la peau gros comme des terriers de lapin ! >

< C'est vraiment spécial, a renchéri Cassie. Mais on ne peut pas dire que ce soit beau. >

J'ai regardé Tobias. Son animorphe semblait se dérouler plus normalement. Si tant est qu'on puisse dire qu'une animorphe est normale. Si tant est qu'une créature avec des plumes qui se fondent en chair soit quelque chose de normal.

< C'est ridicule ! a bougonné Jake. Je m'emmêle dans tes cheveux ! >

< Elle coule ! s'est écrié Ax. Ses tissus ont gardé la densité humaine. Elle est trop grosse. >

< Non, pas du tout >, ai-je rétorqué, vaguement vexée.

Mais il avait raison : je coulais.

Et si je ne finissais pas de morphoser, j'allais me noyer. J'allais sans doute descendre jusqu'au fond en passant devant le vaisseau pémalite. Finir noyée en énorme Gulliver femelle.

Cette pensée a été comme un choc. Mes jambes se sont collées. Mes pieds se sont aplatis.

Ma tête s'est transformée en un énorme rectangle. Mes yeux sont partis loin, loin l'un de l'autre, à des mètres de distance. Mon cou s'est épaissi et une bosse dorsale triangulaire a poussé sur mon dos, le long de ma colonne vertébrale.

Ma peau s'est plissée.

Mes bras se sont ratatinés dans mon corps. Des nageoires sont apparues.

Je suis remontée à la surface. Mon évent a inhalé de l'air. Mes poumons se sont remplis.

J'ai senti l'eau bouger : des dauphins jouaient et faisaient des cabrioles.

J'ai ressenti leur joie. Je me sentais proche de ces animaux sveltes et agiles, qui étaient comme des frères.

J'étais calme. Confiante.

Je n'éprouvais aucune peur. Je n'avais pas de doutes.

Je ne demandais rien. Je n'expliquais rien.

J'ai inspiré profondément, gonflé mes poumons au maximum de leur capacité, puis j'ai plongé en cambrant ma bosse dorsale et en levant ma nageoire caudale en l'air.

L'océan n'était plus un lieu froid et hostile.

C'était chez moi. Je connaissais ses températures et ses profondeurs, ses failles et ses fonds.

J'ai lancé une rafale d'ultrasons et reçu en retour une « image » de tout ce qui m'entourait. Un genre de croquis en noir et blanc qui se dessinait dans mon esprit et s'effaçait comme une ardoise magique.

Je possédais un système d'écholocalisation. J'avais un sonar naturel.

J'ai « vu » les dauphins et ils m'ont « vue ».

Puis une autre immense créature s'est avancée vers moi.

< Rachel, j'espère vraiment que c'est toi >, a fait Tobias.

Ah oui, c'était vrai.

L'esprit de la baleine n'était pas difficile à contrôler.

Seulement je n'avais même pas essayé.

Son assurance et son calme m'avaient plu. Son absence totale de peur.

< Pour être moi, c'est moi ! > ai-je répondu en propulsant mon corps gigantesque à la vitesse d'un train fou vers la lumière, tout là-haut.

Un autre train s'est rangé à mes côtés. Nous avons foncé ensemble vers la barrière entre le ciel et la mer.

< Yah-hou ! > a crié Tobias au moment où nous avons fait exploser l'eau et jailli en plein ciel.

Nos énormes têtes ont émergé dans l'air vif, au milieu d'une pluie de gouttelettes scintillantes.

< Alors ça, c'était cool >, a dit Jake.

< Je veux être un cachalot >, a gémi Marco.

< Je ne crois pas, tu vois, a répondu Jake. Tic tac, tic tac, nous n'avons pas de temps à perdre. >

< J'ai juste besoin d'avaler un peu d'air >, ai-je expliqué.

J'ai exhalé en projetant un jet de gouttelettes, puis j'ai inspiré assez d'air pour pouvoir plonger le plus longtemps possible.

En route pour le territoire des calmars géants.

Là où la pression de l'eau pouvait écraser comme une crêpe mon corps d'humain.

< Prête, Rachel ? > a demandé Tobias.

< Prête >, ai-je répondu, en soupirant et en tremblant tout au fond de mon âme : l'animal n'avait peut-être pas peur, mais moi, oui.

CHAPITRE
20

Nous avons plongé vers le fond, glissant silencieusement dans la mer vivante.

Nous descendions rapidement, évitant les saillies rocheuses et autres reliefs grâce à notre système d'écholocalisation : nos sonars nous fournissaient des esquisses sommaires des alentours.

Des ombres floues et foncées, auxquelles succédait l'obscurité totale.

Totale. Comme si nous étions aveugles. Comme si nous étions enfermés dans un caveau, les yeux bandés.

Absence totale de lumière.

Les sens du cachalot étaient en alerte. Il n'entendait pas, mais il anticipait. Nous allions bientôt pénétrer dans son terrain de chasse.

Là où, parfois, ma proie me résistait et l'emportait sur moi.

< Hé, Rachel, tu sais que le cachalot est un mangeur de calmars, mais est-ce que tu sais aussi qu'il y a des gens qui disent que les calmars géants mangent les cachalots ? > m'a demandé Tobias avec un à-propos réconfortant.

< Personne ne sait vraiment de quoi se nourrissent les calmars géants, ai-je répondu. Tout ce que l'on sait, c'est qu'ils sont cannibales. >

< Ah, très bien. Je vois que nous avons tous les deux fait des recherches. >

< Ouais. Je me sens super mieux, maintenant. >

Je me suis remémorée les quelques informations que j'avais lues sur les calmars géants censés vivre dans les grandes profondeurs. Ils ont des « becs de perroquet » tranchants et huit bras préhensiles, munis de ventouses hérissées de très fines dents. Ajoutez à cela deux longs tentacules puissants, qui permettent de saisir la proie de loin puis de l'attirer vers la bouche et les bras.

Je me suis rendu compte que j'ignorais comment les cachalots tuent les calmars.

Mais je n'imaginais que trop bien comment les calmars s'y prennent pour tuer les cachalots.

Malgré tout cela, nous nous enfoncions dans le noir. Nous tombions, tombions sans fin dans l'obscurité.

Le cachalot n'avait pas peur de ce qui allait se passer.

Il chassait tous les jours pour se nourrir. Quelqu'un gagnerait la bataille, quelqu'un la perdrait. Le cachalot avait accepté cet état de faits dès sa naissance.

Moi non. Je ne voulais pas penser que je pouvais perdre. Je n'étais pas dans une situation où je pouvais démorphoser si jamais le cachalot était blessé.

Démorphoser, ce serait mourir.

< Sinon, Rachel, quoi de neuf ? > m'a lancé Tobias, qui me paraissait encore plus nerveux que moi. Si c'était possible.

J'ai répondu la première chose qui m'est venue à l'esprit :

< Eh ben, il y a un garçon qui s'appelle T.T. qui m'a invitée à aller au cinéma avec lui. >

Quoi ? Qu'est-ce qui m'avait pris de raconter ça ? Si j'avais pu, je me serais donné un coup de pied.

< T.T., hein ? Ça veut dire quoi ? Trop Timide ? Total Taré ? T'as-vu-Ta-gueule ? > a fait Tobias d'un ton moqueur.

< Je ne sais pas et ça ne m'intéresse pas spécialement >, ai-je répliqué du tac au tac, agacée par son attitude.

< Ça devrait t'intéresser si tu sors avec lui. >

< Exact. Si c'était le cas, ça m'intéresserait. >

< Ah. >

Un silence.

< Pourquoi tu ne sors pas avec lui ? >

< Pourquoi tu veux le savoir ? > ai-je riposté.

Moi aussi je pouvais jouer à ce petit jeu.

< Oh, je ne tiens pas à le savoir, c'était juste histoire de faire la conversation. Puisqu'ici on ne peut pas regarder la télé. >

< Oui, ben si tu ne veux pas le savoir, je ne vais pas te le dire. >

J'ai lancé une rafale d'ultrasons et je me suis concentrée sur l'image que j'obtenais en retour.

< Rachel... >, a-t-il commencé.

Mais je n'avais plus envie de parler de T.T., et encore moins de dire à Tobias pourquoi j'avais refusé l'invitation. Ce n'était vraiment, vraiment pas le moment.

< Comment sommes-nous censés attraper ce calmar, si nous en trouvons un ? ai-je demandé à la place. Je veux dire, les calmars sont rapides. Qu'est-ce qu'on fait, on reste la gueule ouverte en espérant qu'il y en ait un qui nous tombe dans le bec ? >

< Je ne sais pas trop, a reconnu Tobias. Dans ce que j'ai lu, ils avaient l'air de dire que les baleines peuvent assommer leur proie en se servant de l'écholocalisation. Je crois que c'était ça. Non, tu n'as pas lu ça ? >

< Écoute, on verra bien, hein. Tu vois cette forme, là-bas, ce groupe de points qui se déplacent ensemble ? >

< Si je vois ? Je ne vois rien du tout. Oh, tu veux dire par écholocalisation. Ouais. Comme un banc de poissons. >

< Ça pourrait être des calmars. Des petits, pas des géants. Le cerveau du cachalot les veut. Allons voir ça. >

< Ce n'est pas une façon de chasser, a râlé Tobias. Il faut voir sa proie. Je veux dire, c'est la base. >

< Pour un faucon, en tout cas. >

< Pour n'importe quel prédateur sensé. Courir après une image obtenue par la résonance des ondes... c'est du délire. >

< Je vais voir si c'est vrai. Si on peut les assommer. >

Clic clic clic clic clic clic clic clic.

J'ai tiré une salve d'ultrasons, au volume maximum, en les dirigeant vers le groupe de calmars que je distinguais vaguement. Soudain, une partie du banc a cessé de bouger.

< Cool. >

< Mais ça ne dure pas longtemps >, a commenté Tobias.

Je l'avais remarqué aussi.

< Et ces calmars font quoi ? Trente centimètres de longueur ? Celui que nous voulons, c'est un spécimen capable de s'étirer d'un bout à l'autre d'un terrain de basket et d'attraper les deux paniers à la fois. On verra bien combien de temps on peut l'engourdir, un comme ça. Si on arrive à le trouver. >

< Hé, Rachel, tu dirais qu'on est sous l'eau depuis combien de temps ? >

< Vingt minutes ? Quatre heures ? Comment savoir ? ai-je répondu d'un ton morose. Je commence à sentir la pression. Mon cerveau de cachalot commence à être nerveux. >

Ma partie cachalot voulait refaire surface. Ma partie humaine en avait envie depuis longtemps déjà.

< Séparons-nous, ai-je dit. Il vaudrait mieux prendre des directions différentes. >

< Ou alors refaire surface et redescendre de nouveau. >

< Je n'ai pas envie de devoir recommencer, ai-je répondu. Je ne me sens pas très à l'aise ici. >

< Moi non plus. Je vais m'écarter de toi. Il faut absolument que nous trouvions ce que nous sommes venus chercher : un grand calmar et un vaisseau spatial encore plus grand. >

Nous nous sommes mis au travail avec notre système d'écholocalisation. Ça n'en finissait plus ; nous cherchions sur la gauche, sur la droite, et toujours plus profond. A un moment donné, j'ai repéré quelque chose qui pouvait être un calmar géant, mais je l'ai perdu.

C'était de la folie ! Nous poursuivions nos

recherches dans le noir. Les rayons du soleil n'avaient jamais pénétré jusqu'à cette profondeur. Jamais. L'eau était si sombre que ça aurait tout aussi bien pu être de la roche ou de la terre.

Nous étions enterrés vifs !

Enterrés vifs dans l'eau.

< Faut que nous refassions surface >, a fini par dire Tobias, tout bas, et j'ai senti à son ton qu'il n'était pas bien.

< Ouais >, ai-je acquiescé.

Nous avons mis le cap vers le haut. Alors, la panique a gagné du terrain. C'est comme lorsque vous traversez un cimetière, la nuit : vous pouvez avoir peur tant que vous marchez, mais la terreur ne s'empare véritablement de vous qu'à la seconde où vous vous mettez à courir. Quand vous admettez la présence de la peur, elle croît. Et j'avais beau essayer de me dire que ce n'était pas la panique qui me propulsait vers la surface, que c'était juste le besoin d'air, je savais bien ce qu'il en était.

Nous foncions. Nous grimpions à toute vitesse vers la surface. Grimpions, grimpions, grimpions dans le noir.

L'air ! Où était l'air ?

Nous étions restés trop longtemps sous l'eau. Nous n'allions jamais arriver à rejoindre la surface. Nous allions mourir dans le noir, couler et retomber au fond de l'océan, froid, sans lumière et sans vie.

Enterrés vifs dans l'eau.

CHAPITRE

21

Je poussais de toutes mes forces, tirant désespérément sur tous les muscles de mon corps. Désespérément !

Et puis…

PFFUIITTT !

J'ai jailli hors de l'eau comme une fusée, j'ai vidé l'air vicié de mes poumons et je suis retombée dans l'océan.

PLLLOOOUUUFFFF !

Tobias a fait irruption cinq cents mètres plus loin.

Je me suis gorgée d'air ; j'inspirais, j'expirais, j'avalais l'air comme si je n'allais plus jamais respirer.

Je n'ai aperçu les autres nulle part, dans leurs animorphes de dauphin. Ça m'a étonnée, en fait, pourtant j'aurais dû m'y attendre. On ne peut pas parcourir des kilomètres dans l'eau et refaire surface à l'endroit où on a plongé.

Balloté par les vagues, Tobias m'a rejointe.

< Nous pourrions morphoser en quelque chose avec des ailes, a-t-il suggéré. Et chercher les autres. >

< Et leur dire quoi ? ai-je rétorqué, en colère contre moi-même, à présent. Leur dire que nous avons abandonné les recherches ? >

< Tu veux redescendre là-bas ? > m'a-t-il demandé comme si j'étais folle.

< Je ne sais pas >, ai-je avoué.

< Oh, bon sang. On retrouve les autres et on leur dit qu'on a échoué ? Et après ? >

Après, je savais bien ce qui se passerait. Et Tobias aussi. Jake nous ramènerait tous à la plage. Cette fois-ci, ce serait lui qui acquerrait le cachalot et morphoserait, avec Cassie ou Marco.

Pour qu'ils puissent revenir ici. Avec encore moins de temps. Encore moins de chances de réussir.

< C'est vraiment pas cool, ce truc >, a repris Tobias.

< Ouais, je sais. Désolée de t'avoir entraîné là-dedans. >

< Oh, arrête, a-t-il dit gentiment. Allons-y. >

Et nous avons plongé une seconde fois. Plongé, plongé, plongé, dans l'eau noire comme de l'encre.

Au bout de dix minutes, nous nous sommes séparés à nouveau.

< Ne t'éloigne pas trop >, m'a lancé Tobias en partant.

J'aurais sans doute dû l'écouter.

Je nageais vigoureusement en projetant tout autour de moi des salves d'ultrasons. Les images me revenaient l'une après l'autre, sans jamais rien montrer d'assez grand pour qu'il puisse s'agir d'un calmar géant ou du vaisseau spatial.

Jusqu'au moment où, soudain...

Un éclair de lumière ! Une vague de lumière aux reflets changeants !

J'ai failli en rire. Des poissons ! Des poissons phosphorescents, dont la pâle lueur, provoquée par une réaction chimique, brillait comme un néon dans cette obscurité.

Les poissons s'éloignaient de moi, mais en

diagonale. Comme s'ils fuyaient en fait quelque chose d'autre. Quelque chose qui se trouverait derrière moi, sur ma gauche et…

J'ai lancé des ultrasons. L'image m'est revenue avec une stupéfiante netteté. Les détails ne trompaient pas.

Fendant l'eau dans ma direction, telle une torpille meurtrière, un calmar géant, furieux et affamé, de près de vingt mètres d'envergure…

« Moi qui me demandais si les calmars étaient agressifs », ai-je songé. Un jour, tous les six, nous pourrions faire une sérieuse mise à jour des manuels de zoologie. Si nous vivions assez longtemps.

< Tobias ! > ai-je crié.

J'ai mitraillé mon adversaire d'une salve d'ultrasons.

Il a vacillé, ralenti dans son assaut.

< Tobias ! >

Je sentais les instincts du cachalot prendre le dessus. Il voulait tuer le calmar. Il voulait chasser.

Où était Tobias ?

Chasser, oui. Tuer, non. Il nous fallait le calmar

vivant. Le cachalot n'en avait rien à faire. C'était un instinct viscéral : la faim et le besoin de chasser. Je devais combattre les instincts du cachalot. Jusqu'à présent, il avait été si docile que je les avais à peine remarqués. Mais c'était seulement parce que, jusqu'à présent, j'avais fait ce que le cachalot voulait.

Je sentais maintenant le pouvoir de ce cerveau énorme et intelligent, qui luttait pour exécuter les instructions codées au cœur de son ADN.

Et pendant que je m'efforçais d'imposer ma volonté, le calmar a récupéré et s'est élancé vers moi, avide de sang.

De très loin, une voix faible m'est parvenue. Tobias !

< Je crois que j'ai trouvé le vaisseau pémalite >, a-t-il dit dans un murmure étouffé.

< Super. J'ai trouvé le calmar. >

CHAPITRE
22

Un fouet qui me lacère dans le noir. Je ne l'ai absolument pas vu venir. Il s'est abattu sur moi en cinglant, s'est agrippé, m'a collé à la peau.

Un autre !

Les deux tentacules longs de presque six mètres se sont refermés sur ma tête comme des pinces d'acier.

Le calmar se servait de ses tentacules pour amener le reste de son corps vers moi. Je sentais la traction. Je sentais l'eau qui s'agitait. Et mentalement, je revoyais la photo d'une gueule de calmar, avec cet étrange « bec de faucon ».

Soudain, un bras, plus épais, plus fort que les tentacules ! Puis un autre !

Je me suis débattue frénétiquement et je suis

parvenue à décrocher un des bras. Les ventouses m'ont arraché des lambeaux de peau, et j'ai senti mon propre sang dans l'eau.

Ma queue ! Je ne pouvais plus la bouger. Et le calmar était sur moi. Collé à moi ! Trop près pour que l'écholocalisation me montre quoi que ce soit. Je luttais en aveugle. Et, à la différence de mon adversaire, je n'avais pas de bras.

Il était plus petit, beaucoup plus léger, foncièrement plus faible que moi. Cependant, il avait l'agilité. Il avait des bras. J'avais une gueule.

Imaginez un combat entre un gymnaste, menu mais en pleine possession de ses bras et de ses jambes, et un joueur de rugby de cent cinquante kilos qui ne peut se servir que de sa bouche.

Le calmar me tenait prisonnier. Et je coulais, à présent.

Vers des fonds où la pression m'écraserait, même dans mon corps de cachalot.

Vers des fonds où mes poumons en feu me forceraient à expirer.

Vers la mort noire.

< NON ! >

Je faisais de grandes embardées, je roulais sur moi-même. Le calmar tenait bon. Je le martelais d'ultrasons. Rafale après rafale ! Mais la masse de mon propre corps contribuait à faire écran.

Je n'arrêtais pas de lancer des salves d'écholocalisation, mais le calmar était sur moi. Puis, à un moment donné, les ondes ont rebondi contre un mur d'eau plus dense et m'ont fourni une image trouble et fragmentée.

Le calmar était gigantesque ! Sa tête en forme de flèche, grande comme un car de ramassage scolaire, était tout contre la mienne. Son bec tranchant à moins de vingt centimètres de mon œil gauche. Huit bras de six mètres et deux tentacules encore plus longs me serraient et m'écorchaient la peau. Des ventouses aux bords coupants, grosses comme des soucoupes, retenaient la créature collée à moi avec une adhérence de Super-Glue.

Je perdais mes forces.

Ce n'était pas possible !

« Non, ai-je supplié, ça ne peut pas se passer comme ça ! »

Et pourtant... le calmar resserrait impitoyablement son étreinte, tel un python, il m'emprisonnait la queue, me paralysait.

Clic clic clic clic clic clic clic ! Des ultrasons de cachalot. Mais ils n'émanaient pas de moi !

< Tobias ! >

< Tiens bon, Rachel, j'arrive ! > a-t-il crié, avant de décocher une nouvelle rafale.

Le calmar a tressailli. J'ai senti son spasme de douleur. Ses bras m'ont lâchée.

< Tobias… le combat… usé trop d'air… je dois remonter ! >

< Vas-y, je te rejoins >, a-t-il dit laconiquement.

Je voulais rester. J'aurais dû rester. Si l'animal tuait Tobias…

Pas le choix !

< Vas-y ! > m'a-t-il crié.

Il a terrassé le calmar d'une nouvelle rafale d'ultrasons décochés de très près, une technique très personnelle.

Je suis partie. Je n'avais pas le choix. Le cerveau du cachalot hurlait.

Je remontais à toute allure, mais ça me semblait quand même interminable.

Le cachalot faiblissait. Ses forces le lâchaient. Ses sens s'émoussaient, s'embrouillaient, renonçaient.

< Rachel ? Tobias ? Est-ce l'un de vous deux qui arrive ? Nous vous cherchons depuis… >

La voix de Cassie. Proche, si proche.

< C'est moi, ai-je dit d'un ton déprimé. Le cachalot n'en peut plus. Il est à bout de force. >

< Non ! Continue ! Tu n'es plus qu'à quelques mètres de la surface ! Vas-y ! > a hurlé Cassie.

« Nage ! me suis-je ordonné, en forçant mon corps endolori à bouger. Nage ! »

Cette fois-ci, je n'ai pas fusé dans le ciel. J'ai fait surface à demi consciente, trop épuisée pour apprécier l'air qui m'emplissait enfin les poumons.

< Où est Tobias ? > a demandé Cassie en m'effleurant.

< Le calmar. Il est au fond, il se bat contre lui, ai-je dit avec effort. Il faut que j'y retourne. Il faut que je l'aide. >

< Non, a dit Cassie. Non. >

Un autre dauphin a surgi près de moi.

< Rachel ? > a demandé Jake.

< Il faut que j'aide Tobias ! >

< Merci, mais ce ne sera pas nécessaire >, a lancé la voix de Tobias.

< Tobias ! >

< Bien sûr. Rien que moi et mon calmar. Ha ! Ha ! Ha ! Faucon ou cachalot, pas une proie ne me résiste ! Je monte. Attention, là-haut. >

< Faites tous très attention ! ai-je crié en voyant les autres nous rejoindre. Ne laissez pas le calmar vous attraper ! >

< Oh, la vache ! s'est exclamé Marco quand le manteau écarlate de l'animal des grandes profondeurs est apparu. Comme on dit, celui-là, il faut être sa mère pour le trouver joli ! >

< Il a sans doute mangé sa mère >, ai-je riposté d'un ton lugubre.

Je me suis approchée du calmar qui bougeait encore et j'ai ajouté :

< Et maintenant, je vais te tuer. >

< Euh, je ne crois pas, Rachel, vois-tu, a fait Tobias. Je ne me suis pas donné tout ce mal pour que tu le tues. Aide-moi simplement à le maîtriser. >

< Entendu >, ai-je dit en m'élançant.

A présent, à la lumière de la lune et des étoiles, je voyais les yeux énormes du calmar, noirs et gros comme des enjoliveurs, les plus gros yeux sur Terre, qui plongeaient droit dans les miens.

Il a projeté un tentacule vers moi.

Je l'ai sectionné d'un coup de dents.

Une épaisse gerbe de sang vert a jailli du moignon.

J'ai refermé ma gueule puissante sur plusieurs de ses bras en même temps, et j'ai serré. Tobias en a fait autant.

Deux contre un. Le calmar était en notre pouvoir.

CHAPITRE
23

J'ai maintenu à la surface l'animal désormais impuissant pendant que Jake, Cassie, Marco, Ax et, pour finir, Tobias, l'acquéraient. Ce ne fut pas facile, pas franchement une partie de plaisir, pour mes amis humains, andalite et faucon de barboter dans les vagues glacées en appuyant les mains ou les serres contre la créature caoutchouteuse.

Heureusement, le calmar réagissait normalement au processus d'acquisition. Il est devenu calme et paisible.

< A toi, Rachel >, m'a dit Jake.

J'ai démorphosé, passant du format gratte-ciel à la taille humaine. Cette fois-ci, ça s'est déroulé de façon un peu plus normale que dans l'autre sens : j'ai rétréci en gardant plus ou moins mes proportions.

A la fin, je n'étais plus qu'une fille humaine franchement pas dans son élément, jusqu'au cou dans l'eau de mer froide teintée d'encre et de sang. J'ai pédalé sur place pour rester près de la grosse tête pointue du céphalopode. Je crois que j'ai avalé au moins trois ou quatre litres d'eau de mer pleine d'encre. Après, j'ai dû prolonger la phase d'acquisition afin d'immobiliser le calmar pour Tobias.

Comme je vous le disais, pas vraiment une partie de plaisir.

Une fois que nous avons tous eu fini, j'ai remorphosé en cachalot pour emporter le calmar à bonne distance. Quand je l'ai relâchée, la pauvre bête s'est propulsée à toute vitesse vers les profondeurs, loin en dessous de nous.

– Eh bien voilà qui devrait être... beurk !

Marco a recraché de l'eau de mer

– ... devrait être intéressant.

< Je crois que ça va être une animorphe très intéressante, a renchéri Ax. Tous ces bras. >

– Finissons-en et c'est tout, ai-je dit après avoir récupéré ma forme humaine. C'est très, très profond. Et nous n'avons pas tellement de temps.

< Deux de vos heures et sept de vos minutes, > a confirmé Ax.

– Ax, ce sont les minutes et les heures de tout le monde, a rectifié Marco. On est sur Terre. Une minute est une minute !

< Maintenant, nous avons deux de vos heures et six de vos minutes >, a répliqué Ax d'un ton sec.

– Tobias ? Peux-tu nous emmener là où tu as trouvé le vaisseau ? a demandé Jake.

Tobias était maintenu hors de l'eau par Jake et Cassie, dans un équilibre plus ou moins sûr. Ce n'était pas un oiseau heureux.

< Je peux essayer >, a-t-il répondu.

– Bon, tout le monde morphose. Allons-y.

J'ai connu de nombreuses animorphes étranges. J'ai été davantage d'animaux que la plupart des gens n'en ont vus dans leur vie. Je pensais être blindée.

Mais cette animorphe était vraiment bizarre.

Je me suis concentrée et j'ai senti la transformation qui commençait. Vous ne ressentez pas à proprement parler ce qui se passe pendant une animorphe. C'est comme si vous le perceviez à distance. De la même façon que vous pouvez avoir conscience de la fraise du dentiste, même sous anesthésie.

Ce n'est pas exactement de la douleur. Mais ce n'est pas vraiment normal non plus.

J'ai entendu un genre de clapotement qui venait de l'intérieur de moi, de mes entrailles. Puis j'ai mis la main sur mon ventre et j'ai senti mon estomac qui se retournait sur lui-même.

Mes organes internes étaient propulsés vers l'Espace-Zéro, où ils resteraient en suspension jusqu'à ce que je revienne à ma forme humaine pour les récupérer. Je me vidais !

Mes bras et mes jambes ont commencé à pousser. Ils se sont étirés loin, loin tout autour de moi, s'allongeant de façon insensée, absurde et, disons-le, ridicule. Mes bras ont pris l'extrémité clavée qui caractérise les tentacules. Mes jambes se transformaient en deux des huit bras normaux.

Normaux. C'est cela, oui...

Schplouff ! Schplouff !

D'autres bras jaillissaient de ma poitrine, de mes flancs et de mon dos en se tortillant ; six nouveaux bras, comme des serpents qui sortaient de ma chair en rampant et qui grossissaient immédiatement.

J'ai eu la vision horrible de moi changée en œuf de serpent en pleine éclosion. J'avais des bras partout.

< Eh ben, voilà un tout nouveau cauchemar >, ai-je bougonné.

En plus, à présent, tout le long de ces bras qui se déployaient bizarrement, bourgeonnaient des centaines de ventouses grosses comme des soucoupes et hérissées de dents fines comme des épingles.

Bing ! Ma tête a implosé. Elle s'est affaissée d'un coup, au moment où mon crâne fondait. Mes yeux se sont écartés et le sommet de ma tête s'est mis à pointer, pointer, comme un furoncle fou dans un dessin animé. Et mes entrailles se sont retrouvées dans la région de la tête.

Ma peau a viré au brun. Elle pendait autour de moi comme un sweat-shirt qui aurait fait dix tailles de trop. Ça me donnait l'impression de porter une cape. Une cape de muscles puissants.

Mes yeux se sont changés en fosses noires, rondes et immenses. J'étais à une quinzaine ou à une vingtaine de mètres de profondeur, sans compter mes bras, qui s'enfonçaient encore davantage. Pourtant, j'y voyais encore. Les yeux du calmar étaient aussi performants que ceux d'une chouette dans la nuit. Peut-être plus encore.

Alors, pendant que j'essayais lentement mes bras, que mes centaines de ventouses se contractaient et se relâchaient tour à tour, j'ai senti l'esprit du calmar émerger dans le mien.

D'autres calmars ! Tout autour de moi.

Et j'avais faim.

Horriblement faim.

CHAPITRE
24

Quelqu'un me tournait le dos. Un autre calmar géant qui flottait, bras déployés autour de lui comme une abominable parodie de fleur. J'ai vu sa chair.

Mon steak.

J'ai aspiré de l'eau et je l'ai recrachée comme un avion expulsant des gaz d'échappement.

Je me suis propulsée en avant ! J'ai remonté mes longs bras qui pendaient dans l'eau, je les ai repliés puis déployés vers ma proie, en un mouvement qui semblait exécuté au ralenti par ma partie humaine.

L'autre calmar ne se rendait compte de rien !

Cassie ? Était-ce Cassie ?

Quelle importance ? Cassie calmerait ma faim aussi bien que...

Elle a tressailli à mon contact et projeté ses propres bras vers moi.

< Hé ! > a-t-elle protesté.

< Oh… Oh, excuse-moi >, ai-je dit.

L'humain en moi avait repris le dessus.

< Je ne faisais que… >

< Je sais ce que tu ne faisais que… a-t-elle grogné. J'ai eu le même problème. N'empêche que je n'ai pas essayé de te manger. >

< J'ai dit : « Excuse-moi ». >

< Bien, a dit Jake. Tobias ? Guide-nous. >

Facile à dire. Presque impossible à faire. Les gens s'imaginent que plonger, c'est comme prendre l'ascenseur. Mais ce qui nous attendait, c'était presque cinq kilomètres d'eau à traverser. Cinq kilomètres de courants et de contre-courants. Dans une obscurité si profonde qu'au bout d'un kilomètre et demi ou deux, même l'œil spécialement adapté du calmar ne distinguait plus rien. Sans compter le fait qu'il n'y avait rien à voir !

Nous avions deux comptes à rebours dans la tête : un peu plus de deux heures avant que quelqu'un ouvre la chambre forte de la centrale nucléaire et y découvre un Chey paralysé. Deux heures pile avant que nous soyons pris au piège de notre animorphe.

Et une complication majeure : si nous démorphosions, nous serions broyés, nos corps seraient aplatis jusqu'à ce que nos os ressemblent à des épingles plantées dans une pelote, que nos têtes explosent comme des pastèques trop mûres.

Ce qui signifiait qu'il y avait un troisième compte à rebours : le point de non-retour. Le point au-delà duquel nous n'aurions plus le temps de refaire surface. Au-delà duquel, soit nous aurions trouvé le vaisseau pémalite, soit...

Or Tobias ne retrouvait pas le vaisseau. C'était un vaisseau immense. Long de presque cent mètres, d'après les Cheys. Seulement imaginez que vous connaissiez l'emplacement d'un immeuble d'une centaine de mètres de long. Puis que vous vous en alliez et que vous fassiez cinq kilomètres dans le noir.

Maintenant imaginez que vous essayez de retourner sur vos pas. Avec un bandeau sur les yeux.

Nous avons atteint le fond de l'océan et suivi

Tobias. Nous allions dans toutes les directions à travers les étendues désertiques comme des torpilles molles, soulevant avec nos jets des nuages de sable, de petites pierres et de restes de divers créatures mortes. De temps en temps, un éclair phosphorescent déchirait l'obscurité. Puis le noir total se refermait sur nous.

< J'ai été trop bête, a dit Tobias. J'aurais dû rester en animorphe de cachalot ! Je ne peux pas me servir de l'écholocalisation ! J'y vais à l'instinct, là. C'est de la folie ! >

< Nous approchons du point de non-retour, a annoncé Ax. Nous devons repartir… ou trouver très vite le vaisseau pémalite.>

< Il faut s'en aller, Jake, a dit Tobias d'un ton vaincu. Nous n'y arriverons jamais. >

< Cette mission était vouée à l'échec dès le départ ! a bougonné Marco, cédant à la frustration que nous éprouvions tous. On est manipulés par quelqu'un, et on ne sait même pas qui ou quoi. Tout ça, c'est un coup monté, et je… >

< Attendez ! Je vois des lumières ! > s'est alors exclamée Cassie.

< Ce sont juste des poissons phosphorescents >, ai-je dit.

< Non. Non. Regarde ! >

Il était impossible d'évaluer la distance dans l'océan noir et vide mais, effectivement, il y avait des lumières devant nous ! Un chapelet de lumières qui descendaient en ligne oblique.

< Sept... huit... j'en compte huit >, a dit Jake.

< Qu'est-ce que ça peut bien être ? > ai-je demandé d'un ton perplexe.

Marco a ricané mentalement.

< Tu ne devines pas ? Ce sont des Yirks. >

CHAPITRE
25

< Je ne crois pas que la situation nous soit favorable >, a estimé Ax, pour le moins modéré dans son propos.

< Cette fois-ci tu te trompes, Axos, a répliqué Tobias. Ils vont au même endroit que nous. Ils rejoignent le vaisseau. >

< Ils nous montrent le chemin ! > s'est écriée Cassie.

< On met le turbo ! > a ordonné Jake.

Nous nous sommes mis à foncer. Aspirer l'eau... l'expulser... l'aspirer... l'expulser...

Nous rasions le fond de l'océan, vers l'endroit que nous indiquaient les lumières. Qui était le plus proche du vaisseau, eux ? Nous ? Impossible à dire.

Quand soudain…

< Waouh ! >

J'ai senti, plutôt que je n'ai vu, le sol s'ouvrir sous moi en un canyon immense et profond. Là, confortablement perché sur une saillie, juste en dessous du bord du canyon, se trouvait ce qui ne pouvait être qu'un vaisseau. Il était nimbé d'un halo vert légèrement lumineux.

Ce n'était pas un vaisseau humain.

Comme l'avaient dit les Cheys, il faisait une centaine de mètres de long. Mais ils ne l'avaient pas décrit plus en détail. Les contours verts parlaient d'eux-mêmes, cela étant : le vaisseau des Pémalites était comme une caricature comique d'eux-mêmes. Un peu comme s'ils avaient fabriqué un Pémalite de dessin animé en exagérant l'air vaguement canin de la tête, en rendant les fines pattes arrière trappues et en lui donnant un petit bedon.

< On dirait Snoopy ! > a dit Cassie.

C'était vrai, d'une certaine façon. Un énorme Snoopy vert clair couché sur le ventre.

< Ce n'est pas vraiment le même genre que le vaisseau Amiral, hein ? > a commenté Jake.

< Les Pémalites ne l'ont pas construit comme un engin de guerre, a expliqué Cassie. C'est un jouet. Ils l'ont construit pour s'y amuser. >

J'ai levé les yeux. La rangée de vaisseaux yirks était toujours au-dessus de nous. A un kilomètre ou deux, peut-être. Ou à quelques centaines de mètres...

< Entrons. >

Nous avons rapidement rejoint le vaisseau. Le sas d'accès était éclairé, bien visible.

< Voici le panneau d'adaptation au milieu dont Erek nous a parlé, a dit Jake en posant une rangée de ventouses sur le haut du rectangle plat. Voyons ce que répond l'ordinateur pémalite. >

Une lumière jaune a jailli en deux éclairs, aussi vifs et aveuglants à nos yeux qu'un flash.

Jake a retiré son long bras de calmar puis, en se servant seulement de son extrémité pointue, il a délicatement enfoncé la touche du numéro six.

Aussitôt, une porte du vaisseau a coulissé, découvrant un sas de décompression assez grand pour accueillir six calmars géants.

< C'est cool, a dit Marco pendant que nous

entrions. C'est presque comme s'il nous disait : « Bonjour, les calmars géants. Vous êtes six, c'est ça ? » >

J'ai jeté un coup d'œil en arrière au moment où la porte du sas se refermait sur un enchevêtrement de bras et de tentacules géants. Dehors, les lumières avaient grossi : elles se rapprochaient.

Le vaisseau tout entier s'est allumé progressivement, comme une ampoule à variateur.

Il éclairait la corniche rocheuse. Il éclairait deux poissons hideux. Et il éclairait le premier rang de ce qui ressemblait terriblement à une formation de huit vaisseaux Cafards.

La porte extérieure s'est refermée.

< Nous avons des visiteurs qui arrivent >, ai-je prévenu.

< Ne perdons pas de temps. Nous devons entrer et réactiver l'ordinateur >, a dit Jake.

Une porte intérieure s'est ouverte.

< Erek a dit que nous trouverions une atmosphère conçue pour notre forme de vie, a-t-il poursuivi. J'espère qu'ils ont prévu les calmars. >

< Ouais, a dit Marco, qu'ils n'ont pas oublié l'huile

de friture bouillante et la béarnaise. Calmars pour dix mille personnes. >

Nous avons été délicatement poussés vers l'intérieur du vaisseau. Les lumières se sont allumées lentement. Erek avait dit vrai. Un environnement adapté nous attendait.

< Oh, mon Dieu ! > s'est exclamée Cassie.

Nous nagions toujours. Nous étions toujours dans l'eau. D'une certaine façon.

Chacun d'entre nous était suspendu au-dessus du sol dans une bulle flottante individuelle. Comme un dirigeable nautique.

J'ai fait une embardée. La bulle s'est déplacée. J'ai passé un bras à travers la paroi de la bulle d'eau, dans l'air de l'extérieur. J'ai senti qu'il était sec. La bulle n'a pas crevé.

< Oh, les mecs, si on pouvait emporter cette technologie, a dit Marco, on pourrait ouvrir un parc aquatique qui ferait fortune. >

< Oui, c'est également la première chose qui m'est venue à l'esprit, ai-je rétorqué. Faire fortune dans les parcs aquatiques. >

Derrière la bulle se déployait un jardin extraordinaire. Un épais tapis d'herbe verte et violette couvrait le sol en dessinant des motifs : des spirales, des damiers, des compositions abstraites à la Picasso, des fleurs à la Van Gogh. Des arbres et des buissons comme tracés au crayon gras poussaient en massifs et discrets bosquets. Une rivière scintillante serpentait à travers le vaisseau, pour se déverser en une jolie cascade dans un lac qui clapotait doucement en contrebas. Partout, il y avait des machines incroyables aux couleurs vives, gaiement éclairées, qui ne pouvaient être que des jouets. A côté de nous, des sortes de longs serpents à plumes flottaient dans l'air. Très haut au-dessus de nos têtes, sur le plafond voûté, étaient projetées des images de ciel et de nuages qui ne ressemblaient à rien de ce que nous connaissions sur Terre.

Après des milliers d'années, tout fonctionnait encore parfaitement. Seul le lourd silence témoignait lugubrement de la disparition d'une espèce.

< Où est la passerelle de commandement ? > a demandé Ax.

< Ça ressemble un peu à votre vaisseau Dôme, Axos, mais en beaucoup plus sympa >, a dit Tobias.

< Oui, enfin, nous avons équipé notre vaisseau d'armes, a-t-il répliqué d'un ton hautain. Ce qui explique que les Andalites existent encore tandis que les Pémalites ont disparu. >

< Ho ! Ho ! Susceptible >, l'a taquiné Marco.

< Il y a forcément une passerelle, a continué Ax. Même ces grands enfants de l'espace devaient bien avoir une passerelle de commandement. >

< Cet arbre, là-bas ? a suggéré Cassie. J'aperçois des lumières. >

Nous nous sommes propulsés, toujours dans nos bulles d'eau, et nous sommes arrivés devant l'arbre. Effectivement, plusieurs panneaux étaient encastrés dans le tronc.

< C'est absurde, a dit Ax. Le poste de commandement serait un tronc d'arbre ? Nous autres Andalites aimons les arbres, mais là c'est ridicule. >

< Réactivons l'ordinateur et allons-nous-en d'ici avant que les Yirks n'arrivent >, a fait Jake.

Sur un des panneaux, une lumière rouge clignotait. Il y avait un bouton en dessous.

< Je dirais ce bouton-là… >, a suggéré Marco.

La bulle d'Ax est lentement venue se ranger à côté de celle de Marco.

< Peut-être vaudrait-il mieux que je m'en occupe >, a-t-il suggéré.

A ce moment-là, une parole mentale joyeuse a résonné dans nos têtes.

< Bonjour, les amis. Nous sommes heureux de vous recevoir à bord. Néanmoins, nous ne souhaitons pas que vous accédiez à ce panneau. Vous risqueriez de vous blesser accidentellement. Et ce serait tellement triste. >

Ax a appuyé sur la touche six.

< C'est le bon code ! Nous nous sommes inquiétés à tort. >

< Maintenant que nous avons franchi leur redoutable dispositif de sécurité… >, a dit Marco en riant.

< Merci beaucoup, ami. Tu as maintenant accès au tableau de bord. Choisis ce qui te convient. Quand tu seras prêt, nous espérons que tu nous rejoindras pour une partie de jeu ou un bon repas, ou tout simplement que tu passeras un bon moment de détente. >

< Drôle de vaisseau, ai-je dit. Vous savez, il paraît

que Disney construit un sous-marin de croisière. C'est peut-être ça. >

Ax s'est mis à communiquer avec le tableau de bord. Ça n'a pas pris longtemps.

< Toutes les fonctions cheys normales sont rétablies, a annoncé la voix pémalite. Veux-tu quelque chose à manger ? >

Et puis…

< La séquence d'autodestruction des Cheys a été activée. Est-ce bien cela que tu voulais ? Tous les Cheys s'autodétruiront dans quinze minutes. >

< QUOI ? > a glapi Cassie.

< Que s'est-il passé ? > a demandé Tobias.

< Je ne sais pas >, a avoué Ax.

Alors, subitement, l'océan noir nous a encerclés.

< Ahhh ! Qu'est-ce qui… >

< La coque est devenue transparente >, a fait Ax, le premier à avoir compris.

Le parc était toujours là. Mais la projection du ciel et des nuages avait disparu, laissant voir l'eau noire comme de l'encre. La coque extérieure était maintenant comme du verre. Et, à travers cette paroi transparente, j'ai distingué la rangée de vaisseaux

Cafards. Huit. Alignés devant le sas de décompression. Nous pouvions les voir.

Ils pouvaient nous voir.

A travers les cloisons et la coque transparentes, à travers le hublot avant du Cafard situé en tête, j'ai vu un visage andalite hostile et dur.

Un visage andalite. Mais la lueur cruelle qui brillait dans les deux grands yeux et au sommet des deux tentacules oculaires, elle, n'avait rien d'andalite.

< Vysserk Trois >, ai-je murmuré dans un souffle.

CHAPITRE
26

< Ils n'ont pas le code >, a dit Cassie.

< Mais le code se résume à un seul chiffre ! s'est écrié Marco. Combien de temps tu crois qu'ils... >

Le vaisseau Cafard a pivoté, collant son sas arrière à la coque extérieure invisible. Un Hork-Bajir a bondi à l'intérieur du vaisseau. Un Taxxon rampait derrière lui. En dernier, sortant d'un pas presque gracieux du Cafard pour s'engouffrer dans le vaisseau pémalite, venait Vysserk Trois en personne.

< Nous ne pouvons même pas morphoser ! ai-je crié avec rage. Il peut nous voir ! >

Les Yirks ont forcé le code. La porte extérieure du sas de décompression s'est ouverte. Un flot de Hork-Bajirs et de Taxxons est sorti des vaisseaux Cafards.

< Ils vont nous tailler en pièces ! > a dit Tobias.

– Oh quel dilemme ! Oh, quel drame ! Que de tension, que d'excitation dans tout ça !

C'était une voix nouvelle. Ce n'était pas de la parole mentale. Elle était aiguë, stridente, discordante.

< Qu'est-ce que... ? s'est exclamé Jake. D'où vient cette voix ? >

– Juste ici, Jake. C'est la mienne, grand Jake. Jake, le chef malgré lui. Jake le gentil garçon. Le tueur moralisateur : l'espèce que j'aime le moins.

< Le voilà, ai-je dit. Celui qui tire les ficelles. >

< Où es-tu ? a demandé Jake. Sors et montre-toi ! >

– Sors et montre-toi, où que tu sois ! a chantonné la voix d'un ton railleur. Mais comment donc. Je vais même sortir les mains en l'air.

La créature est sortie de derrière un arbre. Elle se déplaçait sur deux pattes, le corps légèrement penché vers l'avant, équilibré par une queue courtaude. Elle marchait comme un oiseau ou un petit dinosaure. Et tenait effectivement les mains en l'air. Des petites mains frêles avec plusieurs articulations, visiblement conçues pour des tâches très minutieuses.

La tête étonnait, sur ce corps presque reptilien : elle avait une forme vaguement humaine, avec une mâchoire inférieure étroite et de grands yeux espacés, intelligents et rieurs. Elle était fripée, comme votre pouce après un long bain. La peau était foncée, presque noire. La bouche et les yeux étaient ourlés de vert.

< Allons bon. C'est quoi, ça ? > a demandé Tobias à Ax.

< Ce n'est pas une espèce que je connais. >

< Je ne sais pas ce que c'est, mais je crois que, vu sa tête, on devrait le signaler à l'Association des producteurs de pruneaux >, a plaisanté Marco.

— Ah ! Marco le rigolo ! s'est exclamée la créature en claquant ses mains molles. Comment va maman, Marco ? Toujours vivante ou déjà morte ? Est-ce qu'elle hurle avec le Yirk dans sa tête ?

Marco a projeté ses deux longs tentacules vers la créature, mais aucun n'a pu toucher son corps flétri : ils se sont bloqués puis repliés vers l'arrière.

— Tout le monde est là ? a raillé Tête-de-pruneau.

Cassie l'hypocrite ? « Je ne crois pas en la violence…
sauf quand j'y crois. » Aximili, la pâle et pitoyable
ombre de son frère mort ? Si seulement tu avais
insisté pour accompagner Elfangor, Aximili, peut-être
serait-il encore en vie… Dommage. Et Tobias, ah oui,
Tobias. Le problème c'est pas tellement d'être coincé
dans ce corps d'oiseau, hein ? C'est plutôt que tu n'as
pas le cran de reprendre ta vie d'humain, pas vrai ? Et
Rachel. Ma grande préférée parmi les Animorphs.

La chose m'a adressé un sourire sans lèvres.

– Rachel, Rachel. Sens-tu la poussée d'adrénaline
du désir meurtrier ? Sens-tu l'envie de te jeter sur moi
et de me tuer ? Bien sûr que oui. Nous avons ça en
commun, toi et moi.

< Qui es-tu ? > ai-je riposté en essayant d'ignorer
la rage qu'il avait lue si clairement en moi.

En essayant d'ignorer la peur, également. Cette
créature nous connaissait. Elle savait tout à notre
sujet. Qui nous étions, ce que nous étions. Il lui suffi-
rait de tout raconter aux Yirks. Et alors, même si nous
parvenions à nous enfuir, nous étions fichus.

– T'as toujours pas compris ? Quelle lenteur, quelle
lenteur… Permettez-moi de me présenter, a dit la

créature. Je suis le Drode. C'est un mot de mon langage. Ça signifie « joker ».

< Crayak, a dit Jake. Tu es sa créature. >

– Oh ! Très intelligent, grand Jake, prince Jake. As-tu tué ton frère, ou pas encore ? Non ? Eh bien, tu le feras.

< C'est Crayak qui t'a envoyé, a repris Jake calmement. Pour se venger ? >

Le Drode a souri sardoniquement. Puis son rictus s'est effacé.

– Pour se venger. Tu as détruit ses Hurleurs. Tu as anéanti ses projets pour les Iskoorts. Crayak ne t'aime pas, grand Jake. Ni aucun de vous autres.

Là-dessus, il m'a regardée droit dans les yeux.

– Bien que toi, tu aies du potentiel.

Je n'ai pas relevé. Je ne voulais pas réfléchir à ce que cela signifiait.

< C'est toi qui as tout manigancé, ai-je dit. Tu as provoqué la panne de l'ordinateur chey. Tu t'es arrangé pour qu'on puisse s'enfuir du centre commercial sans se faire remarquer. Tu as tué ce cachalot. Et maintenant, tu as activé le mécanisme d'autodestruction des Cheys. >

— Tuer un cachalot, moi ? a repris le Drode sur un ton d'horreur feinte. Oh non ! Non ! Non ! Cette grosse masse échouée sur la plage rentre tout juste dans la catégorie des créatures douées de sensations. Or je ne tue jamais de créatures douées de sensations. Il survivra, ton cachalot.

< Les règles, a dit Ax. Tu es quand même obligé de respecter les règles posées par l'Ellimiste et Crayak. >

— Eh oui, eh oui, eh oui ! a ricané le Drode. Interdit de bouleverser l'équilibre. Pas directement, en tout cas. Créer des problèmes ? Oui. Créer des occasions ? Oui. Jouer son joker ? Bien sûr. Et maintenant, assez bavardé. Les Yirks vous tiennent, à présent. Vont-ils carrément vous tuer ? Ou vous changer en Contrôleurs ? Ça m'est égal. Dans un cas comme dans l'autre, mon maître va me récompenser.

< Je croyais que tu ne pouvais pas tuer de créatures douées de sensations, a dit Cassie dans une tentative désespérée. C'est la règle, n'est-ce pas ? Pourtant tu as activé le système d'autodestruction des Cheys. >

Le Drode a ri.

— Ce sont des machines, petite sotte. Des androïdes.

< Mais tu es en train de nous tuer, a dit Tobias. Tu nous mets dans une situation sans issue. Nous ne pouvons pas morphoser ici, sous le nez des Yirks. Tu le sais très bien. Tu sais que nous ne faisons pas le poids contre eux. C'est exactement pareil que si tu nous tuais. C'est du meurtre. >

— N'importe quoi. Il vous reste toujours une issue possible, a répliqué le Drode. Ça aussi, ça fait partie des règles. Maintenant, si vous ne la trouvez pas, hein…

La créature est repartie derrière un arbre. Un arbre beaucoup trop petit pour la dissimuler. Pourtant, elle a disparu quand même.

J'ai regardé sur ma gauche. Le sas de décompression se remplissait de Taxxons et de Hork-Bajirs. Au moins vingt Hork-Bajirs. Une demi-douzaine de Taxxons. Plus Vysserk Trois, qui était une armée à lui tout seul.

Pris au piège !

Nous avions le choix entre démorphoser,

autrement dit dévoiler notre plus grand secret, un secret qui ne nous protégeait pas seulement nous, mais aussi nos familles.

Ou attendre de mourir, tout simplement.

CHAPITRE
27

< Ils ne vont pas mettre longtemps à arriver. Ils seront là d'ici... > ai-je commencé.

< L'encre ! a hurlé Cassie. L'encre ! C'est ça, la solution. Crachez votre encre. Ça va noircir l'eau des bulles. Nous serons cachés et nous pourrons morphoser sans que les Yirks nous voient dans notre corps humain ! >

< Allez-y ! a crié Jake. Ax ! >

< Oui, prince Jake, je sais >, a-t-il répondu.

Ax avait juste besoin de démorphoser. Il aurait pour mission de nous faire gagner du temps.

< Moi aussi >, a dit Tobias.

Immédiatement, un nuage d'encre sombre et bouillonnante a jailli de mon corps comme un épais rempart de brouillard et s'est étalé en voilant tout.

Je ne pouvais pas voir au travers. Mais je ne savais pas combien de temps ça durerait.

Je me suis mise à démorphoser. Tout était une question de vitesse. Ax et Tobias s'efforceraient de ralentir l'avancée des Yirks, mais ils ne tiendraient pas plus de quelques secondes face à cette armée.

J'ai commencé de rétrécir à l'intérieur de mon immense bulle. Mes tentacules se sont rétractées, les ventouses ont disparu, ma bouche en forme de bec s'est changée en dents. Trop lent ! Bientôt je serais une humaine, une humaine qui aspire de l'eau.

Non. Attendez ! De l'eau. Oui, c'était de l'eau. De l'eau noire. Opaque.

< Hé ! Montez en haut de vos bulles. Vous pouvez pointer la tête en dehors pour respirer sans vous faire voir ! > suis-je parvenue à crier aux autres juste avant de perdre ma parole mentale.

J'étais maintenant une créature à moitié céphalopode, à moitié humaine, une horreur, une chose laide et visqueuse avec des cheveux blonds et des tentacules qui se ratatinaient.

J'ai nagé à la verticale, dans une eau aussi noire que celle dans laquelle baignait le vaisseau. Ma tête, ma tête qui devenait de plus en plus humaine, a percé au sommet. Tout autour de moi ondoyait ma bulle d'eau pleine d'encre. J'ai aperçu le plafond, et Tobias qui battait vivement des ailes pour gagner de la hauteur. Je distinguais les bords arrondis de ma bulle volante. Mais je ne voyais pas les Yirks.

Et si je ne pouvais pas les voir, ils ne pouvaient pas me voir non plus.

Je me suis remise à morphoser.

Des griffes pointues, incurvées et longues comme des couteaux de cuisine ont jailli au bout de mes doigts. Une épaisse fourrure rêche a recouvert mon corps en pleine croissance. Des crocs luisants ont percé à l'ancien emplacement de mes dents humaines.

J'ai plongé, pour autant qu'un grizzly peut plonger, vers le fond de la bulle. Je nageais tête la première vers le bas, en ligne verticale. Jusqu'au moment où ma grosse tête hirsute a percé le fond de la bulle. Celle-ci flottait à environ trois mètres du sol tapissé de gazon.

Brusquement, je suis tombée.

Boum !

J'ai atterri sur l'épaule. J'ai roulé sur moi-même et je me suis relevée d'un bond.

Tout autout de moi, les autres dégringolaient aussi de leurs bulles. De la plus proche a surgi un tigre, qui s'est posé avec toute la grâce naturelle que n'avait pas mon ours. Ensuite un loup. Puis un gorille.

Les énormes bulles noires flottaient toujours au-dessus de nos têtes, comme de gros nuages d'orage très bas. Devant nous, à trente mètres, pas plus, se tenait Ax.

Et face à Ax, une petite armée yirk.

Deux Taxxons, des sortes de mille-pattes géants, gisaient au sol. Ils s'étaient fait éventrer par une lame caudale andalite. Les autres Taxxons les dévoraient bruyamment, bougeant avec entrain leurs bouches rondes et rouges pour déchiqueter la chair de leurs frères. Vysserk Trois lui-même avait une entaille sur la tête et avait failli perdre un de ses tentacules oculaires.

Le travail de Tobias.

Mais ce répit dans le combat était passager. Vysserk se préparait à un nouvel assaut.

< Je n'aime pas la façon dont ça se présente >, a déclaré Marco.

< C'est déjà mieux qu'il y a cinq minutes >, lui ai-je fait remarquer.

< Nous nous retrouvons, une fois de plus, a dit Vysserk Trois. Mais c'est également la dernière. Vous ne sortirez pas vivants de ce vaisseau. Quant à lui... >

Il a balancé le bras vers un Hork-Bajir. Entre les mains griffues du monstre, j'ai aperçu un faucon.

< Lui, il sera le premier à mourir ! >

Je n'ai pas hésité, je n'ai pas pensé. Je me suis mise à quatre pattes et j'ai chargé.

La colère à l'état pur.

Soudain, du mouvement sur le côté ! Un Taxxon a tenté de me barrer le chemin.

Je l'ai percuté comme un tracteur écraserait un escargot.

– Kaï ! Kaï ! Kaï ! a-t-il hurlé.

La violence du choc m'a fait vaciller. Je lui ai planté les crocs dans la tête. Son goût infect m'a envahi la bouche. Secouant furieusement la tête, j'ai déchiré le Taxxon en deux.

Avec mes griffes, j'ai déchiqueté sa dépouille qui gigotait encore pour dégager le passage. Mais il avait brisé mon assaut.

Dans un concert discordant de rugissements – animaux, Hork-Bajirs et Taxxons – la bataille a éclaté. Nous avons chargé ; ils ont chargé. Nous nous sommes affrontés dans une explosion de violence.

< Rachel ! Derrière toi ! > a hurlé Ax.

Du coin de l'œil, j'ai perçu un mouvement flou.

Je me suis retournée à l'instant où le bras hérissé de lames ultratranchantes d'un Hork-Bajir s'abattait comme une hache et se plantait dans ma hanche.

Une douleur atroce est parvenue à mon cerveau ; j'ai vu rouge.

– GGGGRRRRRR ! ai-je hurlé en tentant de m'écarter.

Je titubais, je me contorsionnais sous la douleur qui envahissait mon corps.

Cassie a bondi et planté les crocs dans la nuque d'un Hork-Bajir.

J'ai aussi refermé les mâchoires sur mon agresseur. Je l'ai secoué jusqu'à ce qu'il soit aussi mou qu'une poupée de chiffon dans ma gueule.

Alors je l'ai jeté par terre. La bataille faisait rage ; le vaisseau pémalite, paisible et verdoyant, était transformé en une scène de carnage cauchemardesque, cacophonique et sanglante.

– GGGG-GGGRRRRRR !

Marco, dans son animorphe de gorille, a sauté d'une saillie rocheuse et a écrasé un Taxxon.

– IIIIIIIKKKKKKK !

Le ver géant a roulé sur le dos et agité ses pinces de homard dans le vide, en proie aux affres de l'agonie.

Un tigre puissant et gracieux a bondi sur le dos d'un Hork-Bajir et lui a planté les crocs dans la nuque. Le monstre a titubé. Hurlé. Perdu connaissance pour toujours.

Pendant ce temps, trois énormes et redoutables Hork-Bajirs avaient encerclé Ax. Ils le coinçaient à présent au bord du petit lac.

L'un d'eux a projeté un bras hérissé de lames vers l'Andalite.

Rapide comme l'éclair, Ax a frappé avec sa terrible queue de scorpion. Le bras tranché a voltigé dans l'air avant de retomber dans le lac.

Le Hork-Bajir amputé s'est affaissé en gémissant. Les deux autres se sont avancés.

J'ai foncé vers eux en grondant. Je me suis dressée sur mes pattes arrière.

Mais j'ai perdu l'équilibre et je suis tombée sur le côté, lâchée par ma jambe blessée, m'écrasant de tout mon poids sur un Hork-Bajir que j'ai entraîné dans ma chute.

L'espace d'un bref instant, nos regards se sont croisés.

Et, tout à coup, il s'est produit quelque chose d'horrible et de troublant : nous n'étions plus juste deux guerriers qui s'affrontaient.

Chacun était devenu l'autre.

Le monde s'est comme figé. Et puis...

Schlaff !

Son bras s'est abattu, toutes lames dehors.

J'ai reculé vivement la tête et j'ai roulé contre lui. Il a donné un nouveau coup, et cette fois il m'a touchée au flanc. J'ai dégagé ma patte droite en me contorsionnant. Je ne disposais pas de l'élan nécessaire pour le griffer avec force. Alors, à la place, j'ai fait une chose qu'un ours ne ferait jamais : j'ai replié le bras et je lui ai donné un coup en pleine figure.

J'ai escaladé son corps inconscient.

La bataille atteignait son apogée. Et nous étions en train de la perdre. L'herbe était jonchée de cadavres de Taxxons et de Hork-Bajirs. Nous entendions des cris d'agonie, l'air était rempli de l'odeur chaude, écœurante et cuivrée du sang.

– Ghafrach !

Un Hork-Bajir attaquait Jake.

Jake griffait, rugissait.

Cassie, clopinant, traînant une patte arrière blessée, grondait et esquivait les pinces d'un Taxxon.

Marco, la joue entaillée, saignant abondamment, refermait ses mains énormes et puissantes sur le cou d'un Hork-Bajir. Et serrait, serrait.

Ax tournoyait sur lui-même, tranchait tout sur son passage, étonnant de perfection meurtrière.

Il n'empêche que nous allions perdre. Car, dans un coin, entouré par sa garde de Hork-Bajirs, Vysserk Trois morphosait. Il était en train de devenir énorme. Il se changeait en je ne sais quelle hideuse créature d'une planète lointaine.

Une créature gigantesque ! Meurtrière.

Nous ne pouvions pas battre tous ses Hork-Bajirs et ses Taxxons. S'il fallait en plus compter avec ce monstre...

– Ha ! Ha ! Ha ! Merveilleux ! Charmant ! Délicieux ! a gloussé le Drode d'un ton joyeux. J'adore les batailles ! Ja-ake ? Hou ! hou ! Jacquou ? T'es mort ?

Il avait réapparu en sortant de derrière le même arbre, apparemment inconscient du danger.

< Toi, ai-je grondé. Toi, je vais te supprimer. >

Le Drode m'a gratifiée de son sourire bordé de vert.

– Tu sais, Rachel, Crayak a besoin de gens comme toi. Pourquoi rester avec ces mauviettes ? Tu ressembles plus à nous qu'à eux.

< Une proposition de travail ? Comme c'est sympathique. >

– Oui, n'est-ce pas ? Tu peux survivre à cette débâcle. Il suffit que tu nous rendes un petit service : tue ton enquiquineur de cousin.

J'ai ri.

< Tuer Jake ? Nan... Je préfère te tuer, vois-tu. >

Je me suis jetée sur lui.

Il n'a eu aucun mal à m'esquiver.

Emportée par mon élan, je suis rentrée de plein fouet dans deux Hork-Bajirs, debout derrière lui.

Schlaff !

Mon autre patte arrière s'est dérobée. Dérobée comme si elle avait été en caoutchouc.

Je me suis soulevée sur les genoux, mais je n'arrivais pas à atteindre les Hork-Bajirs. Ils se sont mis à rire en voyant que j'étais fichue. A se moquer de moi, de ma vulnérabilité.

A ce moment-là... du nouveau. Du nouveau sur le champ de bataille, une forme d'acier et d'ivoire, qui se déplaçait à une vitesse qu'aucun humain, aucun Hork-Bajir, ni aucun Andalite ne peut égaler.

Elle fonçait vers l'arbre. Vysserk Trois a voulu la frapper avec une pince qui n'avait pas encore fini de morphoser, mais la créature d'ivoire et d'acier a tout simplement bloqué le coup.

< Erek ? > ai-je demandé avec stupéfaction, au moment même où un des Hork-Bajirs se penchait pour me trancher la gorge.

— Non ! Oh noooon ! a gémi le Drode, refusant d'en croire ses yeux.

Erek est arrivé devant l'arbre. Il a pianoté sur le tableau de bord.

Et soudain, les mouvements du Hork-Bajir sont devenus très... très... lents...

J'ai roulé sur le côté et tenté de l'éventrer d'un coup de griffes.

Mais mon bras lui aussi bougeait maintenant très... très... lentement.

La parole mentale du vaisseau a résonné dans ma tête :

< Autodestruction des Cheys désactivée. Et nous sommes au regret de dire que le programme d'endiguement de la violence a été mis en route. Quelle honte de gaspiller son temps à se battre. Une fois tous les combattants blessés réparés, nous serons dans l'obligation de vous prier de quitter le vaisseau. >

– Après on se demande pourquoi Crayak a exterminé les Pémalites ! s'est exclamé le Drode, vert de rage. Quelle bande de casse-pieds... des androïdes pacifistes ! Quel est l'intérêt de machines qui ne savent pas tuer ? Dire qu'ils auraient pu dominer toute la galaxie, avec les Cheys comme guerriers !

Le champ de bataille était figé. Seuls Erek et le Drode pouvaient bouger. Erek a calmement retiré Tobias des griffes du Hork-Bajir.

Le Drode s'est approché de moi. Il a contemplé la violence du tableau : les deux Hork-Bajirs et moi.

Puis il s'est penché, assez près pour pouvoir me murmurer à l'oreille sans que personne d'autre que moi n'entende :

– Tes amis sont tous soulagés, Rachel. Et toi ? Es-tu heureuse que la paix soit rétablie ? L'envie ne te démange-t-elle pas d'enfoncer tes griffes meurtrières dans cette chair, de trancher cette gorge vulnérable ?

Le Drode a souri. Cruel et arrogant.

– Si jamais tu en as marre, Rachel. Que tu sois dans une situation désespérée. Que tu cherches une issue. Rappelle-toi ceci : la mort de ton cousin est le passeport qui te donnera le salut auprès de Crayak.

Et il a disparu.

CHAPITRE
28

Soigneusement, poliment et à regret, le vaisseau pémalite a rembarqué les Yirks, parmi lesquels un Vysserk Trois fou de rage, dans leurs Cafards.

< Je vous tuerai tous ! Je détruirai ce vaisseau boulon par boulon ! Je reviendrai et rien ne pourra m'arrêter ! Vous mourrez, tous autant que vous êtes, les Andalites et… et celui qui dirige ce vaisseau, quel qu'il soit ! Je vous tuerai tous ! > a hurlé Vysserk Trois à plusieurs reprises.

< Nous sommes désolés que vous ne vous soyez pas amusés, a répondu le vaisseau. Peut-être que nous pourrions nous revoir un jour et vaquer à des activités agréables ensemble. >

Après le départ des Yirks, nous avons morphosé et nous sommes repartis comme nous étions venus. Le vaisseau s'est montré courtois envers nous, également. Il n'empêche qu'il voulait que nous quittions les lieux.

Il s'était écoulé seulement dix minutes entre le moment où nous avions relancé l'ordinateur qui paralysait les Cheys et celui où Erek était arrivé à bord du vaisseau pour interrompre la bataille. Dix minutes pour rejoindre un vaisseau qui reposait par cinq kilomètres de fond. Si ça lui avait pris quinze minutes...

Le Drode avait raison sur un point : les Cheys avaient des pouvoirs qui auraient pu faire des Pémalites les maîtres de la galaxie.

Tant de pouvoir. Et pourtant, tout ce que les Pémalites avaient jamais voulu, c'était jouer, développer leurs connaissances, être heureux.

Avant que nous retrouvions la surface de l'océan, le vaisseau pémalite avait été déplacé. Cette fois-ci à une profondeur que seul un androïde pouvait atteindre.

Il était tard quand nous sommes rentrés chez nous. Nous étions fatigués. Usés et ébranlés par une journée de combats acharnés.

Chacun de nous a raconté ses propres mensonges à ses parents respectifs, et nous avons tous été privés de sortie. Je crois que ça nous était tous égal.

Je me suis demandé s'il fallait que je parle à Jake de l'ignoble proposition du Drode. Mais j'ai décidé que non. Je savais que je ne céderais jamais, jamais. Je me connaissais.

Oui, je me connaissais. Je connaissais mes limites. Je savais.

Pourtant, ce que le Drode et son maître maléfique, Crayak, avaient vu dans mon cœur était réel. Jake le savait aussi. Il avait confiance en moi, mais il se pouvait qu'un jour, il ait des doutes...

Jake avait suffisamment de soucis comme ça.

Le lendemain, je suis allée courir sur la plage. On ne voyait même plus les traces du grand cachalot échoué la veille, qui suffoquait sur le sable.

Aux infos, ils avaient dit qu'un changement de vent anormal avait provoqué un mini raz de marée, lequel avait libéré le cachalot. Je savais ce que cela signifiait, bien sûr.

J'ai senti une petite ombre passer au-dessus de moi, barrant la lumière du soleil un court instant. Je n'ai même pas levé la tête. J'ai continué de courir. Peut-être pourrais-je trouver un endroit discret où morphoser un peu plus loin. Quelques minutes se sont écoulées.

— Hé ! Rachel !

Je me suis retournée, et j'ai vu avec surprise T.T. qui courait derrière moi.

— Quoi ? ai-je soupiré quand il m'a rattrapée.

— Eh ben, euh… je me demandais juste… a-t-il commencé.

— Tu te demandais quoi ? ai-je dit en fourrant les mains dans mes poches.

— Eh ben, euh… si tu aurais envie d'aller au ciné avec moi, a-t-il répondu avec nervosité, en me lançant un petit coup d'œil.

Ma gorge s'est serrée.

Il était vraiment mignon. Et tellement normal. Tellement pas comme Tobias.

Il n'avait certainement jamais mangé de souris.

D'un autre côté, il n'avait jamais morphosé en cachalot et plongé au fond de l'océan, le cerveau tenaillé par une terreur tout juste contenue, pour pouvoir veiller sur moi.

J'ai ouvert la bouche pour dire : « Bien sûr. » Au lieu de quoi, j'ai dit :

– Mais t'es bouché, ou quoi ? Combien de fois il faut que je te dise non ?

Il m'a traitée d'un qualificatif dont on m'avait déjà gratifiée avant. Et puis il est parti. J'étais presque certaine qu'il ne renouvellerait plus son invitation.

< Hé, il était mignon >, a lancé Tobias depuis le ciel.

– Oh, la ferme, le monstre bouffeur de souris, ai-je dit.

Tobias a ri. Il me connaissait suffisamment bien pour ne pas me prendre trop au sérieux.

< J'ai entendu ! J'ai entendu de quoi il t'a traitée, aussi. Ce garçon est perspicace, en plus d'être mignon. >

– Je sais. Je vais me faire pousser des ailes et je te rejoins. Tu peux me couvrir ?

< Pour toujours… > a-t-il répondu.

L'aventure continue...

Ils sont parmi nous !
Ne Les laissez pas vous contrôler, lisez...

La découverte

Animorphs n°20

(Première partie d'une trilogie)

Et découvrez dès maintenant
ce qui vous attend !

❝ Nous ne sommes pas nés comme ça. Nous ne sommes pas des phénomènes de foire. Nous ne faisons pas de numéro dans un cirque. Nous ne sommes pas non plus les X-men. Notre pouvoir de morphoser – c'est ainsi que nous appelons ça – nous vient de la technologie andalite. C'est une longue histoire que je vais essayer de vous résumer : un prince andalite qui était sur le point de mourir a utilisé une petite boîte bleue pour nous transmettre la capacité d'acquérir l'ADN d'un être vivant rien qu'en le touchant puis, en nous concentrant, de devenir cet être vivant.

Évidemment, sur Terre, nous ne sommes pas prêts d'inventer un tel procédé technologique. Les Andalites sont légèrement en avance sur nous. J'ai même cru comprendre qu'ils possédaient des ordinateurs qui ne tombent jamais en panne. Et je ne vous parle pas de ce vaisseau spatial qui voyage plus vite que la vitesse de la lumière. Mais il y a une chose triste, une chose avec laquelle je ne me permettrai jamais de plaisanter, c'est ce qui s'est passé après qu'Elfangor nous a donné ce pouvoir. C'est quand Vysserk Trois, le chef des forces yirks sur la Terre, est arrivé avec des Hork-Bajirs et des humains-Contrôleurs et qu'il a assassiné Elfangor.

Vysserk Trois peut morphoser... oui, c'est exact, il possède également le pouvoir de l'animorphe. En tout, des millions de Hork-Bajirs ont été transformés en Contrôleurs. Et des millions de Taxxons. Et quelques milliers d'humains.

Mais il n'existe qu'un Andalite-Contrôleur. Un seul Yirk possède le corps d'un hôte andalite. Un seul possède le pouvoir andalite de l'animorphe : Vysserk Trois. C'est Vysserk Trois qui a morphosé en une créature monstrueuse dont il avait acquis l'ADN sur une planète lointaine. Et il a littéralement dévoré Elfangor. Puis, ils ont fait disparaître la moindre trace du vaisseau de la victime.

La moindre trace. Enfin, c'est ce que je croyais.

Je m'éloignais de T'Shondra, balançant doucement ma tête et marmonnant pour moi-même à propos des filles, quand je l'ai vu. Dans un premier temps, je n'ai même pas remarqué le garçon qui le tenait. J'ai juste repéré le cube.

Le cube bleu.

Le cube à morphoser. 🔊

Ils sont parmi nous !
Ne Les laissez pas vous contrôler, lisez...

L'ennemi

Animorphs n°21

(Deuxième partie d'une trilogie)

Et découvrez dès maintenant
ce qui vous attend !

66 Je m'appelle Jake.

Et pour l'heure, j'étais un cafard qui n'en menait pas large.

< Aaaaahhhhhh ! >

Je tombais vers le sol, très loin en dessous de moi, et je hurlais en tourbillonnant dans le vide.

Pourtant, je ne voyais pas le sol. Les yeux de cafard sont limités à la vision en gros plan. Et encore, même pour cela, on ne peut pas dire qu'ils soient très performants.

Je ne voyais donc pas la terre qui s'étendait à plusieurs centaines de mètres en dessous de moi. Et je ne distinguais pas davantage Marco, Cassie, Ax et David, eux aussi en cafards et en chute libre.

Mais je les entendais, en revanche.

< Aaaaahhhhhh ! > criait Marco.

< Aaaaahhhhhh ! > renchérissait Cassie.

Ax était le seul à se taire. Ax est un Andalite. Les Andalites crient moins que les humains. Ce n'est pas qu'ils soient plus courageux que nous, mais ils appartiennent à une espèce télépathe : j'imagine que leur type d'évolution ne les porte pas à crier.

< On va mouriiiiir ! > a hurlé David, d'une voix mentale paniquée.

< Je ne pense pas que l'impact puisse nous tuer, a estimé Ax. Je ne pense pas que notre masse soit suffisante pour provoquer la mort à l'impact. >

< Il a raison ! s'est écriée Cassie. On ne peut pas tuer un cafard en le jetant par terre. Même de cette hauteur. >

< Sauf s'il y a de l'eau en dessous, a objecté Marco. Dans ce cas, nous risquons de nous faire gober par un gros poisson affamé quand nous toucherons la surface de l'eau. >

< Et si nous démorphosions ? > a suggéré Ax.

< Pas le temps, lui ai-je répondu. On augmenterait en taille, on prendrait de la masse, et ensuite quand on toucherait... >

J'ai soudain cessé de tomber. 💬

Ils sont parmi nous !
Ne Les laissez pas vous contrôler, lisez...

La solution

Animorphs n°22

(Troisième partie d'une trilogie)

Et découvrez dès maintenant
ce qui vous attend !

66 Là, dans l'obscurité de ma chambre, un gros rapace agitait ses ailes et donnait de petits coups de bec sur mon bureau.

— Tobias ? ai-je chuchoté.

Il ne s'agissait cependant pas d'un faucon à queue rousse. L'animal était un aigle gris et blanc.

< Non, c'est Ax. Tu dois venir immédiatement. Tobias a... disparu. Et prince Jake est en danger. >

J'ai rejeté mes couvertures et j'ai posé mes pieds nus sur le sol.

— Quoi ?

< A cause de David. Il nous a trahis. >

J'étais parfaitement réveillée à présent. Parfaitement réveillée et déjà dans une rage folle.

J'ai attrapé des coussins et je les ai mis sous mes draps. J'espérais que ma mère croirait que j'étais toujours dans mon lit si jamais elle venait jeter un coup d'œil.

J'ai regardé mon réveil. Il était tard. Très tard. Si tard qu'il était presque tôt.

Dans mon esprit, j'ai passé rapidement en revue toutes les animorphes dont je disposais. Je devais être capable de voler. Et il faisait nuit. Je me suis concentrée sur l'image d'un grand hibou.

J'ai commencé à me transformer, tout en bombardant Ax de questions.

– Que s'est-il passé ?

< Jake, Tobias et moi montions la garde autour de la grange de Cassie. Comme tu le sais, Jake suspectait David de vouloir nous trahir. >

– Cette vermine ! Cette répugnante peeeeeeett-tiiiii…

Ma langue s'est mise à rétrécir rapidement au milieu de la phrase, alors que j'étais en train de dire à Ax ce que je pensais de David. Il valait probablement mieux. Ax m'aurait demandé de lui expliquer le sens des mots que j'utilisais, et ce n'aurait pas été facile. 99